毎日家に来るギャルが
距離感ゼロ
でも優しくない
author らいと
illust. 柚月ひむか
Mainichi ie ni kuru
Gal ga
kyorikan zero demo
yasashiku nai.
JN102606
GCN文庫

『ガッツリ』一択っしょ」

「え!?」

太一はすぐに
水分補給ができるように
準備だけしておくことにした。

宇津木太一
うつぎたいち

不破満天
ふわきらら

「――ふっ!ふっ!ふっ!」

太腿プルップル、
震える筋肉、
乱れる吐息。
「はぁ、はぁ、はぁ……
なにこれ、きっつ〜!」

「なんだよ宇津木いんじゃん。
替えの服持ってきてくんね？」

「あれ、ウッディじゃん！
ちょうどよかった〜。
てか、何もってんの？」

霧崎麻衣佳
きりさきまいか
「……あ、下着だけ
先に渡しておきます」

「ま、帳尻合わせは
必要じゃん？」

毎日家に来るギャルが
距離感ゼロでも優しくない

著：らいと
イラスト：柚月ひむか

GCN文庫

CONTENTS

Mainichi ie ni kuru
Gal ga
kyorikan zero demo
yasashiku nai.

プロローグ × ギャルが陰キャに優しい世界なんてただの夢物語でした

「おい、こら宇津木……てめぇさっきアタシのこと笑ったよなぁ？」

人けの少ない校舎裏。不破満天が鋭い眼光で一人の男子生徒を睨みつける。互いの距離は近く、しかしゾッとするほどの寒気に宇津木太一は目を逸らした。

「い、いや、オ、オレは……別に……」

「はぁ？　嘘つくんじゃねぇよ。アタシが『デブ』って言われて笑ってただろうがよ！」

「そ、それは～……」

不破満天。2年1組所属。クラスカーストのトップ、ヒエラルキーの最上層。気が強く周囲を威圧する鋭い目つき、がっつり染めた金の髪はさながら怒れる金獅子。両耳で銀の輝きを放ついくつものピアス、さらには口を開くたびにチラと見える舌にも光るものが見えるゴリゴリのギャル。

大人しく、クラスでもパッとしない太一からすれば、もはや次元すら超越して関りを持つことなどないはずの人種。

それが今、胸倉を掴みあげられ恫喝されている。もはやちょっと涙目だ。

先程、太一は笑いをこらえきれずに噴き出してしまった。そこは謝罪せねばなるまい。しかしこの威圧感の前に彼は舌も頭も回らず濁した言葉を紡ぐのが精いっぱい。それが余計に不破の苛立ちを加速させてしまうことになっているとも気づかず。

「おいこら宇津木～」

不破は空いた手をゴキリと鳴らすと、勢いよく太一の腹に掴みかかった。

「ダボダボな腹肉くっつけるてめぇにだけは笑われたくねぇんだよ！」

「す、すみませ～ん!!」

校舎裏に響く情けない叫び。なにがどうしてこうなったのか。それは今から10分ほど前。教室での出来事がきっかけであった。

◆

「――はぁ!?　てめぇ今なんつった!?」

教室で鼓膜を裂かんばかりの怒声が上がった。脳を痺れさせる様な声を発した張本人の名は不破満天。彼女は鬼のごとき形相で相手の女生徒を睨みつけていた。

肌寒さと暖かさが隣り合わせに同居する5月初旬。宇津木太一は教室のど真ん中で始まった突然の喧嘩に肩を震わせた。

「だ〜か〜ら〜、あんた最近めっちゃデブったよねって話〜ｗ。もう見た目ゲキヤバ！　ってか女として終わってんじゃんマジｗ」

鼻につく嘲笑。不破を揶揄する女子の名前は矢井田栞奈。不破に劣らず派手な外見。口の端を持ち上げた表情からは明確な悪意が滲み出ている。クラスでいえば不破についで二番目に影響力を持つ女生徒。しかし今、その序列に変遷の兆しが見て取れた。

「モデルのバイトもクビんなったんでしょｗ。そりゃこんなチャーシューみたいな女の写真とか絶対使えないしねｗ」

クラス全体に響くほど声高に不破を貶す矢井田。既に教室中の空気は絶対零度である。

「あんたクラスで最近なんて呼ばれてるか知ってる？　『金肉饅』だからｗ！　もうピッタリすぎてマジでウケるんだけどｗ!!　やっば、おなかいたいｗｗ!!」

耳障りな矢井田の声に一部のクラスメイトは眉根を寄せた。

確かに不破は着ているシャツもピチピチ、顎の下には肉が付き、一年前まではシャープだった小顔はもはや見る影もない。

不破は拳をギリギリと握りしめ、こめかみからビキッと音を生じさせた。

「こんのクソ〇マ〜っ！」

不破は矢井田に掴み掛かろうと前に出た。だがその矢井田は不破の腕を横に移動するだけで軽くかわし、逆に彼女の足を引っかけて盛大に転倒させる。

「やばっ、ちょうノロマ～ｗ！」

「い、つ……てめぇ……つかお前ら！　見てねぇでこいつ押さえとけよ！」

不破は咄嗟に同じグループの女子たちに視線を向ける。しかし彼女たちはサッと気まずそうに視線を逸らす。その反応に不破は奥歯を噛んだ。

「ねぇ昇龍(とおり)～！　あんたこいつ助けてあげないのｗ？　前まで仲良さげだったじゃ～んｗ」

「はぁ？」

と、矢井田に水を向けられた男子生徒、西住(にしずみ)昇龍は不破を軽く一瞥。

しかし彼はさも面倒くさそうに、

「別に……」

フッと息を吐きながら一言漏らし、興味なさそうに視線を外した。西住の反応を受け、矢井田が「あはっｗ」と意地の悪い笑みを口元に貼り付ける。

「昇龍ってばはくじょ～う。まぁでも仕方ないよね～。相手がこれじゃねぇ？　まぁさすがに気持ちも萎えるっしょ！　つか昇龍めっちゃ面食いじゃ～んｗ」

矢井田の言葉に、西住は「ちっ」と舌を鳴らし「うっぜ」とだけ残すと、

「付き合ってられっかよ」

と吐き捨ててスマホを弄り始めた。

「ぷっ、あははは！　キララまじで可哀想！　ちょっと前まであんだけアピってきてた相手

から冷たくされるとかｗｗ！　もうヤバい！　涙出てくんだけど！」

事実、矢井田の目には涙が浮かぶ。もっとも、そこに哀愁の色は皆無だが……

「ねぇ今どんな気分？　お高くとまって『ツレとしてナシ』とか言ってた相手に興味なくされるとかさｗｗ。さすがに惨めってか、無様すぎじゃねｗｗ!?」

クラスの誰もが不破から目を逸らす。矢井田に目を付けられればこれからの学校生活に支障が出ることは間違いない。面倒事に巻き込まれまいと全員が日和見を決め込んだ。

「あははははっｗｗ！　もうキララまじ全員から見放されてんじゃんｗｗ！」

教室の空気は控えめに言っても最悪だった。階級上位者の衝突に周囲の生徒は完全に委縮してしまっている。もっとも、今は矢井田のワンサイドゲーム状態。クラスの中にはカーストのトップから転落した不破をせせら笑う女子生徒の姿もチラホラと見て取れる。

「キララさ。ガチでもう終わりじゃん……てか聞いてよ昇龍～。この金肉饅さ、マラソンの時とかもう腹の肉とか揺らして走ってんのｗ！　もう笑い堪（こら）えんのマジでキックてさぁｗ！」

と、矢井田が悪し様に不破を罵った瞬間。西住や他が反応するのに先んじて――

「ぶふっ……」

音の出所はクラスの端、窓際の席から。途端、全員の視線が動いた。そこにあったのは、口元を押さえて顔面蒼白になる、宇津木太一の姿であった。

するると、ゆらりと幽鬼のように不破が動く。直後、クラスメイトたちは一斉に、

『ああ、あいつ死んだわ……』

心の中で彼を憐(あわ)れんだ。そんな中にあって、矢井田は口元を押さえて、

「ぷっ、やっぱ。キララ、あいつにも笑われるとかもう完璧じゃんｗ。あははははっ！　てか、デブ同士いまのキララとガチでお似合いじゃね！」

不破への悪態が太一にまで貫通。

「じゃ、わたし帰るわ。あとは二人でご自由に～ｗ」

最後まで不破を挑発しながら、矢井田とグループの女子は教室から姿を消した。

そんな彼女らの姿を不破は黙って見送り、しかし次の瞬間にはグリンと首を太一の方に回転させ、とても言葉では形容しがたい形相で迫ってくる。

「う～つ～ぎ～」

「ひぃっ！」

「ちょっとその面ぁ貸せやこらぁ!!」

こうして、太一は首根っこを掴まれ、校舎裏へと連行されていったわけである。

◆

そして時は戻り現在へ――

「このデブが、このデブが、このデブが!!」

「いたっ！　痛いです不破さん！」

腹の肉をがっつりホールドされた状態でギリギリと捻られる。

「このっ、このっ、このっ！　どいつもこいつも！　アタシをバカにしやがって～！」

矢井田だけではない。不破は他の女子連中の悪意も敏感に感じ取っていた。

「く、そ……なんなんだよ……最低かよ、くそがよ～……」

遂には顔を俯けてしまう不破。彼女の姿に、さすがに太一もいたたまれない気分になってくる。

「あ、あの……不破さん。だ、大丈夫――」

「おい！」

慰めの言葉を掛けようとしたところを遮られ、太一はびくりと体を硬直させる。

「てめぇ、このアタシを憐れんでんじゃねぇだろうな？　調子にのんなよこのブタが！」

「す、すみません……」

「ああ～！　イライラする！　全員アタシのことなめやがって!!」

涙の痕を残しながらも鬼の形相で自分をバカにした連中に怒りをぶつける。太一は口を引き結んだ。余計なことを口走れば事態が更に悪化することは明白だ。

「ぜってぇ見返してやる……アタシのことをバカにした連中！　全員！」

「ひっ！」

底冷えするような怨嗟の声に太一は危うく漏らしかけた。もはや一刻も早くこの場を逃げ出したい。ただその一心である。

しかし次の瞬間、彼女から飛び出した言葉に、太一は絶望を覚えさせられることになる。

「おい宇津木！」

「ひゃい！」

「てめぇはこれからアタシを笑った罰を受けてもらうかんな！」

一体何をさせられるというのか。不破はおもむろにスカートからスマホを取り出した。

……ま、まさか。ここで服を脱がしてオレの恥ずかしい写真を!?

と、顔面蒼白になった次の瞬間、不破はスマホの画面を勢いよく太一の前に突き付け、

「これからアタシが元の体形に戻るまで、てめぇにダイエット付き合ってもらうからな！」

「……え？」

太一はスマホのスタイル抜群『だった』頃の不破と、今の彼女を交互に見比べて、

「えええええええええ～～～～～～っ!?」

校舎裏に驚愕の声を木霊させた。

第一部✖女子と連絡先を交換できたらハッピーなんて幻想だ

『明日の朝からランニングすっから！』
『タオルとかスポドリとかそっちで準備しとけよ！』
『駅前の公園入り口に6時だかんな！』
『1秒でも遅れたらぶっころす！』

自宅のマンションに着くなり送られてきたメッセージに太一は胃に痛みを覚えた。どうやら今日の一件で彼女の下にはダイエットの神が舞い降りてきたようだ。

が、逆に太一にとっての安寧の神は華麗に昇天させられたらしい。解せぬ……

別れ際、強引にスマホをひったくられ連絡先を交換させられた。太一にとって身内以外で初めて得た異性の連絡先。だが、とてもじゃないが喜べるような心境ではなかった。

それ以前に、連絡先を強制的に登録させられた際、

『お前からぜってぇ連絡してくんじゃねぇぞ！』

と、なんとも理不尽なお言葉を頂戴した次第である。

「なんでこんなことに……」

制服を着替えるのも億劫なほど気分が沈む。よりによってあの不破満天に目を付けられた。

これからの高校生活が平穏無事に終わる可能性は限りなくゼロになったと思っていい。

彼女は入学してから良くも悪くも目立つ生徒だった。派手な言動に見た目はもちろん、喧嘩っ早くとにかく気性が荒い。

授業も委員会活動もサボりがちで生徒指導の常連と化している。停学をくらった回数も一度や二度ではない。彼女は俗にいう不良生徒だ。

交友関係も派手で西住のようなイケイケグループとの付き合いも多く、男性遍歴も相当な数に及ぶと噂されていた。

しかしその容姿は（今は見る影もないが）非常に整っており、派手な化粧こそしているがそもそも素材からして優秀だったりする。目つきが鋭すぎる点はあれど、女性にしては高めの身長に加えてスタイルもいい（今は見る影も：以下略）など、非の打ち所がない。

そんな彼女だからこそ、モデル業にスカウトもされるし、とにかく男の方から言い寄ってくる。しかもあろうことかカノジョ持ちからも声を掛けられ、そのまま奪っていくことも何度もあったとかなんとか。

それが元でトラブルになり、女性同士での殴り合いにまで発展した、という話まで飛び交った。停学の主な原因はそんな男女トラブルが大半だという。もっとも、ほとんどが又聞きの噂。

どこまでが真実でどこから虚飾なのやら尾ヒレなのやらといった感じである。

そんな台風のような不破と、息をひそめて生活していた太一とでは、住む世界からして違っていたはずだった。だというのに、こんなトラブルに巻き込まれることになろうとは……

「まぁ……笑っちゃったのは確かにオレが悪いんだけどさ……」

自分も容姿に難を抱えているため、そこを嘲笑されることがどれだけ気分を害することかは承知しているつもりだ。ある意味、彼女から怒りをぶつけられたのは当然と言えば当然だ。しかし、それがどうして彼女のダイエットに付き合うという話にまで発展するのか。

「はぁ～……」

帰ってきてからは溜息しか出てこない。苛烈な性格である彼女のこと、一体どんなことをやらされるか今から戦々恐々の太一である。

どんよりとした不安に、彼は自分でも気づかないうちに菓子の袋に手を伸ばしていた。

が、不意に頭上から声が掛けられる。

「あんたもうすぐ夕飯なんだから菓子食ってるんじゃないわよ」

「……姉さん」

宇津木涼子（りょうこ）。宇津木太一の六つ上の姉である。

今は大学も卒業し社会人として一家の家計を支えている。二人の両親は、父の海外赴任に母がついていったことで家を空けており、今は涼子が家長として家を任されている。真っ黒なセ

ミロングの髪を後ろで束ね、太一とは違い細身の体形をスーツで包んでいる。

しかし服の上からでも分かるほどに体のある部分の発育が大変よろしく自己主張は激し目だ。

彼女は買い物袋片手に、じと～っとした三白眼で実弟を見下ろしていた。

「おかえり」

「ただいま。どうしたの？　今日はいつにも増して陰キャこじらせてるじゃない」

「別に……てか、陰キャ言うな」

「はいはい。てか制服くらい着替えなさいよ。皺になっちゃうわよ」

涼子はそれだけ言うと、カウンタータイプのキッチンに袋を置いて自室へ向かった。

姉の背を見送り、太一も制服を着替えに行く。それからしばらくして涼子の作った夕飯を口に運び、風呂に入って自室にこもった。

再度メッセージアプリを開き、不破からの連絡を読み返す。

『明日の朝からランニングすっから！』

『タオルとかスポドリとかそっちで準備しとけよ！』

『駅前の公園入り口に6時だかんな！』

『1秒でも遅れたらぶっころす！』

彼女のことだ。本当に1秒でも遅れようものなら何をされるか分かったものじゃない。

太一はスマホのアラームを五時にセットし、寝る前に学校指定のジャージ（予備）とタオル二枚を準備した。明日公園に向かう道中でスポーツ飲料を買っていかねばならない。

明日から自分はどうなってしまうのか……なかなか寝付くことができなかった。

◆

翌朝。五時五〇分――

「ぎゃああああああああっっっ!?」

太一はベッドの上で絶叫した。約束の時刻まで一〇分。もはや一刻の猶予どころか半刻の猶予すらないと来た。道中で飲み物も買っていくとなればもはや遅刻は確定だろう。

――まずいまずいまずい！

寝間着を脱ぎ捨てジャージに袖を通して太一は部屋を飛び出した。早朝のバタついた騒音に涼子は「なによ騒々しいわね～」ともっさりとした動作で扉から体を半分覗かせる。

「って、あんた。なんでジャージ？」

「行ってきま～す！」

「いやどこに行くのよ!?　まだ六時前よ!?」

「もう六時前なんだよ～！」

意味の分からないことを口走って飛び出していく愚弟に涼子は呆気にとられた。

「なんなのよ一体………………ま、いっか。二度寝しよ」

時刻は五時五十五分。持てる限りの脚力を以て太一は全力ダッシュ。

早朝の爽やかさなんて感じている暇もない。日ごろの運動不足に加えて肥満体型、ダメ押しとばかりに寝不足のトリプルパンチが彼の走りを阻害する。

駅前公園までは歩いておよそ一五分。彼の走りはもはや徒歩のソレに毛が生えたレベルの鈍足。とても間に合うとは思えない。

しかしそんなことを言ってはいられない。ここより先に待ち構えるはクラスのライオットクイーンこと不破満天である。太一にとって彼女の怒りを買うことは死と同義である。

ドスンドスンと肥え太った肉体がアスファルトの上を疾駆する。傍から見ればカメの歩みも彼にとってはメロスもかくやと言わんばかりの全力疾走なのである。

まったくもって冗談ではない。息も絶え絶えもはや死相。

それでもようやく目的地が視界に入ってきた。同時に髪の毛を逆立てて般若の形相を浮かべる不破の姿も太一の視界はばっちりフォーカス。

……よし、逃げよう！

思考のインパルスから肉体が回れ右を選択させるまで僅か0・01秒。

「おいごらっ！　うつぎ〜〜〜!!」

見つかっちった。

「ひぃっ!!」

「遅刻した上に逃げっとかいい度胸だなおい！　まてこら〜!!」

「い〜や〜〜〜〜〜!!」

早朝。六時九分。二人は澄んだ空気を悲鳴と怒号で引き裂いて、なんやかんやと二キロほどの鬼ごっこに興じることに。ある意味、目的が達成されたと言えなくもない。

「う〜つ〜ぎ〜！　ぶっころ〜す!!」

◆

まったくもって碌（ろく）なもんじゃない。逃走劇の末に不破を振り切ることには成功した。マンションのエントランスに飛び込みやり過ごす。命がかかっているとなれば人間実力以上の力を発揮できるものらしい。

とはいえ彼は虫の息。もはや一歩も動きたくない。なんなら学校にだって行きたくない。

しかしながらこれで終わりのはずもなく、ポケットでスマホが振動した。

通勤通学を始める者たちの姿が見え始めた頃。汗に塗（まみ）れた手でスマホを取り出す。

『宇津木！　てめぇ遅れたくせに逃げてんじゃねぇよ！』

『放課後こそぜってぇ走っから！　休むんじゃねぇぞ！』


送信されてきた不破からのメッセージ。文面から彼女の怒りがありありと伝わってくる。

完全にやらかした。咄嗟に体が動いたとはいえ、逃走したのはさすがにまずかった。

せめてまずは謝罪すべきだったと後悔してみても後の祭り。不破の怒りが現在どれほどのものか、想像するだけで脚が震える。

とはいえこのまま事態を放置すれば余計にこじれるのは火を見るよりも明らかだ。

時刻は七時二〇分。涼子は既に出社済み。遅くともあと三〇分以内には家を出なければホームルームに遅刻する。

「うぅ～……学校行きたくない～……」

太一は適当な総菜パンを炭酸で流し込んで制服に袖を通す。汗をシャワーで流すような時間もなく、重い足取りでマンションを後にする。

滑り込むような形で教室に駆け込んだ。じっとりとした汗が全身を包んで気持ち悪い。

クラスの視線が太一に集中。しかし彼らはすぐに各々のグループで談笑を再開。

昨日のような一件があった割にクラスは平常運転のように見受けられる。

見たところ不破の姿はない。彼女の遅刻は常習である。太一はほっと息をつく。しかし妙な居心地の悪さを感じながら机に収まった。

それとほぼ同時に担任教師の倉島（くらしま）が姿を見せる。よれよれのシャツに無精ひげを生やしたやる気のなさそうなおっさんだ。愛煙家なのかほんのりタバコのニオイを漂わせ、いつもどこか飄々として掴みどころがない。「くらやん」という愛称がクラスでは定着している。

「え〜と、他に連絡事項は〜……と」

マイペースに進むホームルーム。

ふと教室の扉が開き、不破が登校してきた。途端、太一の体がびくりと反応する。

「不破、また遅刻か〜？　このままだと進級できねぇぞお前」

「ウザ。へいへい申し訳ありませ〜んつぎ気をつけま〜す」

「たく。ほらさっさと席に着け」

「ほ〜い」

弛緩したやりとりの中、不破が太一に気づいて眼光鋭く睨みつけてくる。

太一は彼女の視線から逃れるように顔をそむけた。不破がドカッと席に腰掛ける。同時にスマホを取り出すとホームルーム中であるにもかかわらず操作し始めた。

倉島が「はぁ」と溜息を漏らす。もはや日常、平常運転である。担任の諦めの表情が如実にそのことを物語っていた。

しかし、普段とは違う光景もまた静かに、まるで薄い膜のように水面を曇らせる。不破が教室に現れた瞬間、クスクスという嗤いが漏れ聞こえて来た。教室の中央付近、矢井田が口元にいやらしい笑みを浮かべて不破を盗み見ている。

「よくガッコ来れるよねｗ」などという嘲りが今にも飛び出してきそうな塩梅である。

教室の空気は淀んでいた。息苦しくて仕方ない。空気清浄機でどうにかならんものか。

と、不意に太一のスマホが振動。そっとポケットから取り出し恐る恐る画面を覗き込む。

『逃げたらコロス』

不破の境遇に同情しかけていた太一。しかし一瞬にして血の気が引いた。さらば高校生活。地獄の門が大口開けて手招きしている光景が見えるかのようだ。

……終わった。

胸中で太一は静かに十字を切る。

「オラこい宇津木！」

全ての授業が終わるなり、不破は太一をズルズルと引き摺るように連行していった。

「準備して駅前公園に五時！　絶対に来い！　もしまた遅れたら……わかってんな？」

教室の外、不破は太一の顔面にアイアンクローを決めてそう告げると、乱暴に鞄を肩に引っ掛けてその場は去っていった。とんでもない握力だった。さながらゴリラだ。

さすがにこれ以上逃げたら冗談抜きでシャレにならない事態になる……肉体的にも社会的にも生命の危機を感じた太一は、一旦自宅に帰って学校指定のジャージに着替え、指定された場所へと向かった。むろん飲料とタオルを持参して……

「――うし。今度は遅れなかったな。んじゃ走んぞ」

不破は有名スポーツブランドのロゴが入ったスポーツウェアで待ち構えていた。しかし体形に合っていないせいかかなりピッチピチである。

履き潰したボロボロのスニーカーで、太一は不破の後ろをベタンベタンと重苦しい足取りで追いかける。それは不破も同様。太一ほどではないがどう見繕ってもスマートとは言い難い走りである。

町内を一周した二人。待ち合わせた駅前公園のベンチに不破はドカッと腰を落とし、太一はそんな彼女の前で膝に両手をついて今にも吐きそうな荒い呼吸を繰り返していた。

「ああ～、クソが……全然足が動かねぇ……」

不破は己の体がほんの数ヶ月前のように機敏に動かないことに苛立ちを募らせる。

少し前は男子グループに交じってテニスやらバスケやらに興じていたはずなのに、今ではこんな軽い運動で肉体が悲鳴を上げている。

体の変化を自覚し始めたのは読者モデルのバイトをクビになった時。確かにその一ヶ月ぐらい前から、まともに体を動かすことがなくなっていたような気がする。

しかしモデル業はほんの小さな体形の崩れでも衣服や撮影に多大な影響が出ることから、不破は自分の変化の大きさをまだそこまで危険視していなかった。

が、小さな変化はついに彼女の立場を脅かすまでに大きく成長。矢井田に揶揄された挙句クラスの笑いものにされた……辱められた！

……あんのクソ◯マ！　なにが金肉饅だ！　ふっざけやがって!!

不破はタオルを顔に押し当てる。昨日の一件を思い出して不意に鼻の奥がツンとした。タオルの内側。果たして、それが吸い取ったのは走って掻いた汗だけだったのか……行き場に惑う感情……結果、彼女の感情の発散先に宇津木太一は選ばれてしまったわけだ。さながら手負いの獣に掴まった贄。どちらも実に憐れである。

八つ当たりするように不破は太一からスポーツドリンクをひったくる。生ぬるい温度。しかし汗を掻いた肉体が水分を欲して彼女は一度に中身を半分以上飲み切ってしまった。

「ああ！　ほんっとムカツク！」

太一だけではない。矢井田にも、西住にも、クラスの連中にも、小言ばかりの教師にも、自分の体にも、なにもかもが思い通りにいかない。それが腹立たしくてしょうがない。

「ぜってぇ痩せてアタシを嗤ったこと後悔させてやる」

黒い感情をむき出しに、不破は残ったペットボトルの中身を喉に流し込む。生暖かい液体が喉を滑り落ちる感触に、不破は余計に苛立ちを募らせた。

◆

財布の中身を確認して太一は盛大に溜息を漏らした。今日不破から「お前汗くせぇ」と指摘され、制汗スプレーやら汗拭きシートを購入する羽目になり、昼食代やら飲み物代なども加えると、一日で一五〇〇円近く吹き飛んだ。

不破と別れてからの帰り道、汗でドロドロになったジャージは冷え切って肌を凍えさせる。なんなら財布の中身も一足先に冬が訪れそうだ。

残金二三〇一円。小遣いが貰えるまであと二週間。バイトなどしたこともない太一にとって今日のような出費はあまりにも痛手過ぎた。

……どうしよう。

不破のダイエットがいつ決着するかまるで予測できない。終わりの見えないゴールに太一の絶望感はより募っていく。

ふと自宅マンション近くの書店が目に入る。正面のディスプレイにはビジネスや金融、自己啓発や話題の小説などが展開されていた。その中の一つにふと視線を吸い込まれる。

【短期で効果的に痩せるストレッチ！】

タイトルを確認した太一は書店の中に入っていく。紙の放つ独特の匂いに包まれた店内。先ほど目にしたタイトルは店の中央に展開された話題作コーナーに陳列されていた。

周囲をチラチラと確認しながら手を伸ばす。

太った自分がダイエット関連の本を手にしている気恥ずかしさに耐えながら内容に目を通す。図と解説を交えながらストレッチのやり方が記載され、どのような効果があるのかぱっと見でわかるようになっている。

「へぇ……」

なんの気なしにページをパラパラと流し見ていく。もしかしたらこういう本があれば意外とあっさり痩せることができるのではないか。

それに今日のランニングでも思ったが、ただ走るだけで一体どれだけ痩せられるのかがわからない上に、いくら走れば効果が出てくるのかも不明瞭だ。効率的に痩せていくにはもっと別の形で体にアプローチしていく必要がある。

……このままずっと効果の薄いダイエットを続けて、不破さんにいびられるくらいなら。

そう。今の状況を抜け出すには不破にダイエットを成功してもらうほかないのだ。

どうすれば彼女との関係を絶てるのか、それだけは明確にわかっている。

「よし」

この本を買ってまずは自分でストレッチを試してみよう。そう思い値段を確認すると、所持金の大半がふっとぶような金額に、太一はそっと本を棚に戻した。

――税別一八〇〇円！

◆

「姉さん！　お小遣いを前借させてください！」

帰宅し玄関を開けた途端、涼子は床に手をつき土下座する弟に出迎えられた。

「ちょっと、いきなりなんなのよあんた」

「どうしても、どうしてもお金が必要なんです！　だからお金を前借させてください！」

「敬語ってあんた……はぁ、いったいなんに使うつもりよ？　言っとくけど、ゲームとかそういう無駄遣いなら」

「ダイエットするために！　どうしてもお金が必要なんです！」

思わず涼子は目を丸くした。これまで全くと言っていいほど見てくれに興味のなかった弟が急にダイエットなどと言いだしたのだ。涼子は探るような目つきで太一を見下ろす。

「ダイエット～？　あんたが？　なに、どういう心境の変化よ？」

「オレ、このままじゃダメなんだ。ダメだって気づいた」

不破との関係を解消するためには一刻でも早いダイエットの成就が必要。

しかし自分にはその知識がない。ならば仕入れるしかない。自宅に帰ってからネットで調べてみたが、逆に情報があまりにも多すぎて何を参考にすればいいか分からなかった。

その点、帰り道に読んだ本の内容は僅かでも頭の片隅に情報としてインプットされている。

つまり何かを本気で調べるならネットより本の方がいいのでは、と思い至ったのだ。

それにはどうしても今の手持ちでは心許ない。金銭的な援助が必要だった。

「ふ～ん……もしかしてあんた、好きな子でもできた？」

「ふぇ!?　いや、ちがっ！」

「お？　慌てるってことは怪しいわねぇ」

太一の反応に涼子は何か勘違いしてニヨニヨし始めた。しかし太一は事情を説明するのに躊躇(ためら)い口をパクパクさせるだけ。まさかクラスのギャルに絡まれて、そこから脱却するためにダイエットを頑張るとは言いづらい。

言い淀む弟を前に、涼子は完全に勘違いをしたまま悪戯っぽい笑みを口元に浮かべる。

「いやぁ、あんたもついにそういうことを自覚するようになったかぁ……いっつもひきこもってお菓子と炭酸をガバガバかっくらうブタ野郎だとばかり思ってたけど。そ～う、あんたに好きな子ね～。しかもその子のためにダイエットまでしようと」

加速する勘違い。しかし姉の思い違いを訂正しようにも真実を語れない弟の図。

「そういうことなら、前借なんてしなくてもお姉ちゃんがしっかりサポートしてあげるわ」

「いや、オレはただダイエットの本が欲しくて」

「なんて本？　タイトルがわかるならお姉ちゃんがネットで注文しておいてあげるわよ。あ、なんなら今回はゲームも買ってあげる。ほら、ＣＭでやってたやつあるじゃない？　体ガシガシ動かすやつ。あれ良さそうじゃない？」

なにやら指を一本ずつ折りながら今後の方針を練り始める涼子。トントンと進む話に太一は「え？　え？」と置いてけぼりを食らっていた。

「さ～て……それじゃ手始めにあんたを太らせる原因のお菓子と甘ったるい炭酸系は全部廃棄するけど、問題ないわよね？」

涼子は困惑する太一を前に、全然笑っていない目で確認してくる。妙な迫力に太一は頷く以外の選択肢を取れなかった。

「それで、あんたが買いたいって言ってたのはどんな本なのよ？」

「え～と、確か――」

太一は書店で見かけた本のタイトルをスマホで断片的に検索、表示された表紙を前に「これ」と姉に画面を見せた。

「ああ、これね。最近話題になってたやつ。へぇ、ダイエットしたい、ってのは嘘じゃなかったわけね。いいわ、これは急ぎ便ですぐ注文してあげるから。明日には届くでしょ」

「よ、よろしく」

とはいえ、実際に痩せたいのは自分ではないのだが……などと口にできる雰囲気ではすでになく、涼子は家じゅうの菓子類や炭酸を本当に廃棄し始めた。

未開封のお菓子は近隣に配ったり会社の同僚とのおやつにするつもりらしい。その行動はあまりにも早く、太一が買い込んでいたお菓子は数十分ですべて戸棚から消え去った。

「なんでこんなことに……」

空っぽになった戸棚の中や甘い飲料の一切が消失した冷蔵庫を眺める。しかし、姉はやりきった感の表情で額に汗を浮かべていい笑顔だ。

涼子はノートPCを開いてさっきからせっせとネットショッピングにいそしんでいる。

――翌日。今日も今日とて不破に理不尽な怒りをぶつけられながらくたくたになって帰ってくると、玄関には某大手通販サイトのどでかい箱が届いていた。

一体何をどれだけ買ったのか。姉は嬉々とした笑みを浮かべながら、太一が希望していた本を手渡してきた。

「あ、そうそう。はいこれ」

と、そう言って涼子は太一に一万円札を渡した。

「無駄遣いすんじゃないわよ。それはとりあえずのダイエット資金。その本みたいに気になった本を買うのでもいいし、運動施設を利用するのに使ってもいいし、とにかく、そういう意味での軍資金だから。ありがたく使いなさい」

「っ！　ありがとう姉さん！」

お金は貰えないという話だったはずだが、涼子はなんやかんやと弟のダイエットを本気で応援するつもりなのだろう。

太一は姉の心遣いに感謝し、

……待っててください不破さん！　絶対にあなたを痩せさせて、オレはあなたから逃げてみせます!!

太一は涼子から手渡されたダイエット本と一万円を掲げ、心の中で前向きなんだか後ろ向きなんだかわからない決意をした。

◆

早朝のランニングを終え、現在時刻は六時半過ぎ。いつもの駅前公園にて。

「不破さん！　不破さんの体重って今なんキ――――ぐぇっ!!」

いきなり太一は不破から腹部に苛烈なキックをお見舞いされた。

「お前バッカじゃねぇのか!?　ストレートに訊くか普通!?　ぶっころすぞ!!」

珍しく顔を赤くして不破が吼えた。

しかし今回は、太一も引き下がることなく不破を真っ直ぐに見上げる。

「い、いえ。別に他意はなくてですね。今後ダイエットしていく中でどうしても不破さんの体重を知る必要がありまして。それというのもただ漠然と毎日痩せるまでダイエットって難しいじゃないですか。やる気とかも続かないかもしれませんし。それでですね……」

「なげぇ！　一言でまとめろ！」

「すみません！　その、要するにですね……不破さんのダイエット計画を立てたいので、体重を教えてくれると嬉しい、です……」

「は？　計画？　お前が？」

「は、はい」

太一はたどたどしくも自分の考えを不破に聞かせた。

ダイエットと一口に言っても目標設定がなければ達成までのアプローチを考えづらい。かつ計画日数を定め、日々の成果を記録することで常にモチベーションを保つ。

太一は昨日姉に購入してもらった本の内容を思い出しながら、なんとか考えを説明していく。

不破は胡散臭そうにしながらも耳を傾けていた。

「――という感じで、今の体重から目標体重までを把握したい、と……思いまして……」

最後の方はぼそぼそ自信なげに小声になってしまう。

恐る恐る不破の様子を確認した。先日スマホで目にした、痩せていた頃の不破を思い出す。

シャープな輪郭の小顔、目つきに鋭さはあるものの、確かにモデルをしていたと言われても疑いようのない整った顔の造形。

　今はだいぶ分かり辛いが、確かに彼女が美人であった面影は僅かばかり残っている。

「なに？」

「え？　あ、いえなんでも……」

「用もねぇのにジロジロ見てくんじゃねぇよ」

　と、悪態を吐きつつ、彼女は腰に手を当てて足で地面を鳴らしてなにやら考え込み始めた。

「おい」

「は、はい！」

「そこまで言うならお前の計画？　ってヤツにのってやるよ。ただし、もしなんの結果も出なかったり、アタシの体重が周りにバレるようなへましやがったら……」

「し、したら……？」

「校庭のど真ん中に頭だけ出して埋める」

「そ、そんなぁ。オレだってダイエットなんて初めてなんですよ……」

「お前が言い出したんだろうが。それともなに？　適当言ってアタシをまたバカにしようとしてたわけ？」

「ち、違います！」

　思わず顔が引きつる。つい昨日から本格的にダイエットについて調べ始めたばかりだというのに、それに対して確実な成果を要求してくる不破に太一は理不尽を覚えた。

しかしこの状況から抜け出すには不破が納得する成果を出すしかないのも確かなのだ。

ならもう覚悟を決めて少しでも早くダイエットを成功させることを考えるしかない。

「……わかりました……不破さんが痩せられるように、オレがちゃんと計画を立ててきます。なので……可能な限り、不破さんもオレの言うことに従って、ほしいんですけど……」

「………ああわかったわかった。最初くらいは素直にお前の言うことも聞いてやるよ。ただし体重になんの変化もないときは速攻でやめっから」

「はい。ありがとうございます」

間が少々気になったが、太一はとりあえずホッと胸を撫で下ろした。

「そ、それで……不破さんの今の体重って」

まるで猛獣の檻に手を突っ込むような心境で、太一は不破に再度質問を繰り出した。

「…………………ぜってぇ誰にも言うんじゃねぇぞ」

「は、はい。約束します」

「ぜってぇだかんな。チクったらマジでぶっとばすから…………………66キロ……」

火を噴きそうなほどに顔を真っ赤にした不破は、絞り出すような小声で体重を口にした。

「えと、それじゃ一緒に教えてほしいんですけど。スマホで見せてもらった時の体重って、何キロくらいだったんでしょうか?」

「おい、そこはさっき訊かなかっただろうが」

「あの、でもそこが不破さんの目標値ですよね？　なら、知っておかないと」

「……ああ、もうわかったよ！　あん時で確か55キロいくかいかないかくらいだよ！」

「あ、ありがとうございます！」

「ここまで教えてマジでなんの成果もなかったらお前、覚悟しとけよ」

不破は赤い顔で太一を睨みつけてきた。彼女の身長がおよそ170センチ。数字だけなら適正体重の範囲内ではあるが……前に見せられたスマホの写真と比べると、だいぶ……丸い。揺れて摘まめて垂れる腹肉、くびれは見事にお亡くなり。これが俗にいう隠れメタボというヤツか。

「と、とりあえず、教えてもらった数字をもとに、計画を立ててみます……なので、今日の放課後のランニングはいったんお休みに」

「は？　それはやるに決まってんだろ。アタシは一日でも早く痩せたいんだよ。別に計画なんて帰ってからでも作れんだろうが」

「ええ～」

「なんだよ。不満でもあんの？」

そりゃ疲れて帰ってきて頭まで酷使しろと言われているのだから不満がないはずがない。

が、「分かりました……」と、結局、その日の放課後も、太一は不破に首根っこを押さえられ、日が沈むまでランニングに付き合わされることになるのだった。

　マンションに帰宅したときには太一の体力はレッドゾーンに突入していた。今なら秒でベッドに沈む自信がある。が、今は疲労を押してでもやらねばならないことがあった。

　……自分から言い出したことだしなぁ。

◆

　さっそく今朝の自分に後悔の念を抱きつつ机のノートPCを起動させる。高校の入学祝いで姉に買ってもらった物だ。手元には昨日買ったストレッチの本の他、今日の帰路で新たに追加購入したダイエットのノウハウについて記載された本を並べて「よし」と軽く気合を入れる。

　開いたのはExcel。学校の授業で軽く触れた程度の知識で、太一は画面トップのセルに『不破満天ダイエット計画』と記入。明日から、(太一にとって) 本格的なダイエット及び不破との関係清算を目指す計画をスタートさせる。

　太一は学校のテスト期間でも発揮したことのないほどの集中力でもってダイエット本に目を通していく。元の平穏な生活を取り戻す、ただその一心である。

「なるほど。野菜をただ食べて痩せるわけじゃないのか。あ、むしろお肉とか魚は積極的に食べないとダメなんだ……え？　油？　油ってダイエット中にとってもいいものなの？　あ、サラダ油とかじゃなくてオリーブオイルとかなんだ。あ、そういえばアマニ油ってCMで聞いたかも。え？　グラスフェッドバターってなに？　あ、一番太る原因……糖質……うぇ、これ、全部オレが普段から食べてるヤツしかない……ごはんもパンもダメって……」

調べるほどにこれまで自分が想像していたダイエットの知識が偏ったものであることがわかってきた。ただ体を動かせば痩せるわけじゃないということも思い知らされる。

だが、ならば毎日のランニングも無駄なのか、というと、そういうことではないようだ。なにも考えず闇雲に、がむしゃらに走ることが無意味ということである。

「む、難しい……」

思わずくじけそうになる。書いてあることを読むのは簡単だが、これを実行するとなると難易度は格段に跳ね上がる。

が、なにもしなければいつまでも自分は彼女から解放されない。ずっと不破に怒鳴られながらの生活を想像する。カラダに怖気が奔り、吐き気まで覚えた。

……それだけは、絶対にいやだ！

ダラダラと長期戦を想定するのは自分の精神がもたない。やるなら極力短期決戦で。

「三ヶ月……どんなに遅くても三ヶ月で8から10キロ減！」

太一は目標までの期日を設定し、プランを練っていった。

◆

「で、できまし、た……」

翌朝。朝の雀がチュンとなく頃に、太一はくずおれるようにほぼ徹夜で考えた不破のダイエット計画が書かれた紙を手渡した。

「お。一日で作ってきたんだ。どんな感じなん？」

興味深そうに不破は太一の手からA4サイズの紙を受け取った。

「うえ。なにこれ。けっこうメンドクサ……つか、なんか運動よりほとんど食生活について書かれてね？　ダイエットっつったら普通は運動じゃねぇの？」

「オレも最初はそう思ってたんですけど、実際に調べてみたらほとんどが最初に食生活の改善についてのことが書いてありまして」

主だったところでは糖質制限である。クッキーやケーキといった甘いものはもちろん、甘みのつよいスポーツ飲料も極力摂取を控えた方がいいらしい。冷たい飲み物もアウトということで、ただの水ではなく白湯、あとは烏龍茶や緑茶が脂肪の燃焼や吸収を抑制してくれる効果が期待できるためダイエット向きと言える。

日常的に食べている米やパンなどの炭水化物は、糖質に変化するため避けるべきだ。

逆に肉や魚に含まれるタンパク質は筋肉を生成し基礎代謝を高めてくれる。

とはいえ、だからといってなんでも食べていいわけではなく、調理する際の油にも気を遣わなければならない。

太一は即席の知識をなんとか不破に説明し、まずは運動より食生活の改善が重要であることを伝えた。

「ふ〜ん……なるほど」

「は、はい。とりあえずこんな感じで、頑張っていければと思います……」

不破の反応を窺うように小声の太一。

「……ふん」

すると不破は、太一に背を向けるとそのまま公園の自販機に近付き、

「ほら」

「え？　あ、あの、これは？」

不意に、不破から『おしるこ』を手渡された。

「計画立てて来た礼じゃん。甘いもん。頭使ったら糖分じゃね？　なに？　いらないの？」

「い、いえ。あの、いただきます」

「甘い物は控えよう」と言ったそばからおしることというチョイス……さすがにこれはツッコミ待ったなしである。

が、太一は思わず掛けられた不破の労いに、妙に満たされるモノを感じた。

「あ、あの……不破さん。少し、いいですか？」

「あ？　なんだよ？」

「そ、その。ふ、不破さんが、その……」

「……あのさ、いちいちキョドるのやめてもらっていい？　見ててムカついてくる」

「す、すみません……」

鷹に睨まれた小動物のように縮こまる太一。

しかし目の前にいるのは間違いなく彼にとって獰猛な肉食獣のソレである。ちょっとしたことですぐに威圧感たっぷりの視線と声で応じてくるものだから胃に悪いこと悪いこと。

緊張で今にもパイルバンカー並みの勢いで腹から背中までを穴が貫通しそうだ。

「……もういい。で、なに？」

「あ、あの……不破さんの、体重、が増えた原因って……も、もしかして、急に食べる量が、増えた、とか……ありませんか？」

体重、増えた、などの激昂ワードを小さく、ボソリと囁くように言葉にする。それだけで太一は嫌な汗が噴き出て仕方ない。が、

「知らねぇよ。特になにかバカみたいに食った覚えとかねぇし。いつの間にか、って感じ？」

「……でも、やっぱり太るのって原因があるので……それが分からないと、えと……リバウンドすることも、あるかなって」

せっかく体重が減って理想のスタイルを取り戻せても、元に戻っては意味がない。太一は一刻も早く不破の呪縛から解放されたいのだ。

「不破さんは、えと……普通に運動とか、体は動かしてたと思うんで……やっぱり、食べる量が増えたのが、一番の原因だと、思うん、ですけど……」

「……」

不破は太一を一瞥し、自分の行動を振り返る。

「太った原因？　んなもん分かったらここまでいきなり太ってねぇ…………あっ」

と、なにか思い当たる節でもあったのか、顔を上げるなり表情を歪ませた。

「…………はぁ、マジ？　それじゃこいつの言う通り……うそ、ガチで最悪なんだけど」

太一は、眉間に皺を寄せて悪態をつく不破にビクビクしながら、「や、やっぱり、なにか、あるんですか？」と控えめに訊いた。

「多分……お前の言う通り、最近のアタシ、結構たべてたかも、しんない……」

コンビニのお菓子、町で屋台を見かければ脂っこいもの、甘い食べ物も飲み物もなんの制限も設けないまま自然と購入しては口にしていた。一つ一つが小さな変化だったこともあって見逃していたようだ。

加えて体の変化、とくに動くのが億劫になってきたと実感し始めた時には、運動すら「パス」と言ってまともにしなくなっていたのも体重増加に拍車をかけたのだろう。

「多分、それです……ね」

「はぁ……ああくそ！　で!?　だったらなに!?」

「い、いえ！　よ、要するにですね。不破さん元々体は動かしてたので、適度に運動を取り入れて、食生活さえ改善させれば、すぐに痩せると思い、ます……」

「あ、そ。で、毎日こうしてランニングしてるわけなんだけど。それと併せてここにある、なに？　肉とか魚？　あと野菜を中心に食えって？」

「はい。でも、その、朝のランニングは、いいんですけど……」

「なに？」

「不破さん、もしかしてちょっと——膝とか痛めてませんか？」

◆

「——で、ここなわけ？」

太一と不破は、放課後に地元の市民プールを訪れていた。一度学校で解散し、自宅から水着一式を回収し再びここに集まった。

「多分、急に増えた体重に体がついていけてないんじゃないかと……走り終わるたび、膝をさすってましたよね？」

「お前ひとのことずっと観察してたわけ？」

散々な言われようであった。もしこれが他の、例えば西住とかが相手であれば「見てんなよ～」と明るくじゃれ合うような掛け合いで済んでいたのではないだろうか？　やはり理不尽を覚えずにはいられない。

「と、とにかく、水泳は全身運動になりますし、足腰の負担も少ないので、いいかな、と」

「とか言ってさ、お前がアタシの水着を見たいだけじゃねぇの？」

「いえそれはないで……ぐえっ!?」

「即答とかマジでムカつく」

容赦ない蹴りが太一のお尻に突き刺さった。お尻をさすりながら「なんで」と涙目で訴えるが、不破はさっさと施設に入ってしまった。

利用料600円を払い、それぞれに水着に着替えてプールサイドで顔を合わせる。

さすがに、不破もこの場にビキニなどの際どい水着を着てくるようなことはなかった。学校指定のものとは違うが、一般的な競泳用水着のようだ。背中が大きく開いたデザインだが、エロスよりも健康的な印象を与える。

「……なんだよ」

「いえ、なんでも」

むっちりとした体を包む水着が悲鳴を上げている。世の中なんと世知辛い。初心（うぶ）な男子高校

生の心をこれでもかともてあそぶとは、神も罪深いことをするものである。

色々と素直に喜べないこの状況。太一としても内心『いったいどうしてこうなった』といった感じである。

肌と水着の境界線。キュッと食い込んだ水着の位置を不破は、そこに太一がいることなど気にもかけずに何度も調整している。

「あの、不破さん。取り敢えずピアスは外した方がいいですよ」

「分かってるよ！　いちいち口うるせぇな」

何とも言えない微妙な気分になりながら、太一と不破は入念にストレッチをしてからプールに入り、体を慣らしつつ泳ぐ。

「え？　ちょっとうわっ、おぼぼぼぼぼぼぼっ！」

「あははっ！　だっせ！」

途中で不破が、悪戯に太一の足を引っ張って水中に引きずり込んでみたり、上に乗っかってきて沈めてみたりとやりたい放題な場面もあって監視員に注意されたりもしたが。

なんやかんやと、プールで多少は浮かれたのか、不破は普段の不機嫌な態度を引っ込めて、一時間以上プールでの運動（遊び）に興じていた。

「――ぜぇ、ぜぇ……こ、これ……ほんとに、ゲーム?」

不破にダイエット拉致されてから早いもので一週間が過ぎようとしていた。

夕方六時半過ぎ。窓から差し込むスリット状の日差しが汗まみれになった太一を照らし出す。手にはリング状のコントローラーを握り、肩で息をしている。足下に敷かれた暗緑色のヨガマット(涼子購入)にはぼたぼたと汗がしたたり落ちて、小さな水たまりが出来上がっていた。

不破との水泳ダイエットから帰宅したのち、太一は姉の勧めで某有名ゲームメーカーから発売されたフィットネスゲームをプレイしていた。

しかしゲームを勧めてくる姉の顔に、なにやらいやらしい笑みが浮かんでいたのを太一は見逃していなかった。が、その真意に気づくことなく、いつの間にやら購入されていたヨガマットを引っ張り出してきて、いざゲームを起動したのがつい一五分ほど前のこと。

ふたを開けてみれば、これはゲームという名にかこつけてゴリゴリの筋トレを要求してくる鬼畜仕様な代物であった。普段から運動などしてこなかった太一は開始五分から衣服を汗に濡らすほど。腹筋関係は勿論、下半身に負荷が掛かるメニューでは軒並み地獄を見させられた。

　ヨガマットの上で芋虫よろしくグネグネと無様を晒す弟を姉は指さして笑いものにした挙句、腹を抱えて咳き込む始末だ。

「ひぃ、ひぃ……お腹痛い、あははっ！」

「姉さん……このゲームの仕様知っててやらせただろ……」

「そ、そりゃ、ね。ぷくくく」

　金銭的に支援してくれている手前文句を言えない太一は押し黙るしかない。

「あははっ……はぁ～ぁ、笑った笑った。ごめんごめん。そりゃ私のデータでやればあんたには当然きついって。最初にあんたに合わせてデータを作らないと」

「最初からそうしてよ」

「いやだって、絶対に面白くなると思ったし、ぷくく」

　弟の痴態を鑑賞して何がそこまで面白いというのか。

　太一は不承不承の体で自分のプロフィールをゲームに入力し、新しく自分用のデータを作成。

　三〇分ほどプレイに没頭。着ている服は汗を吸って重くなっていた。

「お疲れさん。ほら、水分補給も大事」

　そう言って、涼子は温い経口補水液を持ち出してきた。

「けっこう頑張ったねぇ。うわ、汗すご。夕飯の前に軽くシャワー浴びて来なさい」

「そうする。もう全身が気持ち悪い……」

もはやパンツまでびっしょりだ。

一五分ほど汗を流し、部屋に戻るとテーブルの上には既に夕食が準備されていた。チキンサラダ、ドレッシングの代わりにオリーブオイルが掛かっている。それとバナナにプレーンのヨーグルトをまぜたデザート、野菜たっぷりの味噌汁。最後に小さなおにぎりだ。彩りが鮮やかで食欲がそそられる。

ここ最近は姉によりヘルシーかつ運動後に最適とされている食事が採用されている。

「さっさと食べちゃいなさい。運動後は四十五分以内に栄養補給しないといけないのよ」

「もうそれ何度も聞いたよ……いただきます」

「いただきます」

二人で手を合わせて箸をつける。あっさりした献立だが薄味すぎるということもない。甘みと塩気が絶妙で箸が進む。これまでなにも考えずドカ食いしていたが、最近はゆっくりと噛んで食事をするように涼子から注意され意識するようになった。

「ごちそうさま」

「お粗末様。食器片づけるの手伝って」

「了解」

食事以外にも、太一の生活は若干の変化が見られた。まず、朝のランニングのために今ではどんなに遅くても十一時半までにはベッドの中だ。

これまでは深夜一時、二時まで起きているなんて当たり前だったが、不破を待たせることの恐怖を痛感させられた太一は、絶対に遅刻だけはすまいと早めの就寝を心掛けている。

とはいえ、毎回不破の罵詈雑言に耐えながらのダイエットは精神的にもクルものがある。

「早く……早く不破さんを痩せさせさせないと」

が、彼は気づいていない。不破のダイエットに連日付き合わされ、それなりのストレスを抱えつつ、いまだ自分が心折れずに前向きにダイエットに励んでいる事実に。

とある研究によれば、運動には抗うつ剤より遥かに優れた抗うつ効果があり、かつストレスの発散にも大きな効果が期待できるという。

なんとも数奇なものである。太一は不破に会うたびストレスによりメンタルポイントをゴリゴリに削られつつ、運動によってそれを回復させていく。まさしくゲームで言うところのリジェネ状態である。

しかし、状況的には継続ダメージを発生させる毒沼にでもつかりながら回復し続けているようなものであり、もはや意味が分からない。

太一は明日に備え、今日もまた健康的に眠りにつく。こうして彼は、明日もまた不破という名のスリップダメージ発生装置と顔を合わせに行くのである。

◆

ダイエット開始から二週間が過ぎた。いつものように早朝のランニングに出掛けると、

「なあ。お前なんか、最近ちょっと痩せてきてね？」

「え？」

と、幾分か軽快になった足取りで走っている最中、不意に不破からそんな感想が零れた。

……そうかなぁ？

と、自分の体重などまるで興味がなかったため量っていない太一はいまいちピンと来ず首を傾げる。

「いやぜってぇ痩せてっから。え？　なに？　なんかアタシよりダイエット効果出てね？　は？　なんで？　お前の作ったあのクソ面倒な紙の通り運動してるし食ってんだけど。なんでお前の方が痩せてるわけ。意味わかんねぇんだけど」

などと言われても困る。

しかし客観的に見ても、太一は確かに顎にべったりとぶら下げていた重量級ミートアーマーからライトなアーマーに換装されていた。

「そ、そうですかね」

不破の嫌味もそれが自分の変化、しかもそれが良いベクトルの内容であることに太一は表情を緩ませた。

しかし忘れてはならないのは、これが本来不破のダイエットであることだ。当然彼女からすれば付き添い程度にしか思っていなかった相手の方に成果が出ているなど面白くない。体重計に乗っても数字に変化が見られないことも、彼女の不満を更に高める要因であった。

「ウザ。マジでウザ。てかお前さ、絶対になんかアタシに隠れてやってんでしょ」

「え？　い、いえ、そんなことは……」

「嘘つくなし！　ぜってぇやってる！　毎日こうして一緒に走ったり水泳やってんのにお前だけ効果出るとかおかしいから！」

不破はそう言うが、ダイエットの効果には個人差が出るもんである。同じ運動をしたら同じ効果が出るなどあり得ない。しかしそんな正論が通じる相手なら苦労などしない。

「そんなこと言われても…………あ」

と、太一は困惑しながらも自分と不破とで異なる点があることに思い至った。

「んだよやっぱあんじゃん！　てか一緒にダイエットしてんのに隠すとかありえなくない⁉　おら吐け！　なにやってんのか全部言え！」

声を荒らげる不破。しかし彼女もまた肝心な部分を見落としている。こうして無駄話に興じていながら、ほとんど息切れすることなくランニングができている事実に。

スタイルはともかくとして、体力はそれなりについてきているようだ。若さゆえの適応能力か、二週間のランニングでもそれなりの効果が見込めているらしい。もっとも、不破が重視しているのは理想の体形のみ。体力のことなど付属品程度にも思っていないようだ。

「え、と……実は家に帰ってから、ちょっとだけフィットネスのゲームを」

「は？　ゲーム？」

「は、はい。ＣＭとかで見たことないですか？　あの、体を動かして遊べるって」

「ああ、確かにそんなんあったかも……は？　それでそんな痩せたわけ？」

「そ、そうじゃないですかね……多分」

実際は張り切った姉の、強引なサポートという名のお節介からくる食生活の改善も手伝っての今という結果なのだが。

「マジか。それでそんな痩せるとか。やべぇな今のゲーム」

「そうですね。かなり疲れるし、いい運動になってるかもしれません」

「へぇ」

ゲームに興味を持ってくれたことに気分が高揚して出た今の言葉。これが、彼にとってより過酷な環境への片道切符になるなどとは考えもせず。

「じゃあ今日の水泳のあと、お前んち行くから」

一瞬「え？」と、何か聞き間違えたのかと思ったが……そのすぐ直後、

「アタシもそのゲームやるっ、つってんの。一発で分かれよそんくらい」

「え……えええええええええっ!?」

早朝の空に、近所迷惑な絶叫が木霊する。付近の皆様ごめんなさい。しかしそんなことに気を割く余裕など、今の太一にはあるはずもなかった。

◆

——絶対にコレジャナイ感がドえらいことになっている。

自宅に女子が訪れるドキドキは果たしてこれで正しかったか？

これまで完全なセーフティエリアだと思っていた自宅に毒沼、マグマ、或いは腐食エリアの化身が進撃してきたのである。

その名もクラスカースト（元）トップ不破満天。枕に元が付くとはいえこれまで決して関わってこなかった人種である。とてもじゃないが嬉々としてお招きできる相手ではない。

なにがどうしてこうなった。唯一のくつろぎ癒しの空間にまさかのバグ混入である。

「へぇ。けっこう広いじゃん。うわ、テレビでかっ。つかゲーム機どんだけあんの？」

不破は太一の自宅に上がるなり遠慮なしに内装を見回していく。ふと目に留まったテレビの周辺。ラックの中やら周辺はゲーム機が複数台並んでいた。

なんとも言えない微妙な表情の不破に太一は居心地が悪そうだ。

「で、そのフィットネスゲームってどれ？　確かこれで遊ぶんだよな？」

「はい。少し待っててください。今準備しますから」

さすがに不破でも某大手人気ゲーム機くらいは知っていたようだ。

「できました。最初に自分のプロフィールを入力して、運動の負荷を選択できます」

「へぇ、こんな感じなんだ。うわなにこの輪っか。めっちゃぐにぐにしててウケるw！」

笑っているがそのぐにぐにがいかに筋肉を苛め抜くために考案されたかを知っている太一は胃が痛い。彼女がこのゲームがどれほど疲れるかを知ったらどんな反応をすることやら。

「えっと、年齢と体重……はっ!?　体重入力すんの!?　……って、お前は見んな！」

と、太一は後ろを向かされた。別に今さらな気もするが複雑な乙女心というやつなのだろう。

不破を太一が乙女と認めているかどうかは別問題として。

「運動量の設定？　え～と『軽め』から『ガッツリ』……いや『ガッツリ』一択っしょ」

「えっ!?」

「なに？　なんか文句ある？」

「いえ、なにも……」

……だ、大丈夫かなぁ。

先日、姉のデータをやらされた時の記憶がよみがえる。あの時は自分に合わない運動負荷でやらされたせいで散々な目に遭った。不破も彼と同じ轍を踏むのではないか。

太一はとりあえずすぐに水分補給ができるように準備だけしておくことにした。

ヨガマットの上で不破は軽快な音楽と共に始まったフィットネスに挑戦していく。

このゲームはエリアをジョギングで進行し、敵のシンボルにぶつかると戦闘画面に突入。プレイヤーは多種多様な運動をこなすことで相手にダメージを与えることができるのだ。

たとえば筋トレのビッグ３ことスクワットを一回達成するごとに、敵へのダメージが徐々に蓄積していく仕様となっており、一定値を超えると撃破である。

「っ――っ――っ――！」

不破は画面に表示されている種目から、胸筋を鍛えることができるフィットネスを選択。リング状のコントローラーを押し込んで敵にダメージを与えていく。

「ふぅ……」

無事に最初の種目が終了した。まだ敵は倒れていない。

「よしっ！　次は……これ！　――ふっ！　ふっ！　ふっ！」

彼女が次に選んだのは内転筋に効くフィットネスだ。座った姿勢でリング状のコントローラーを内股に挟んで押し込んでいく。普段使わない筋肉、当然太腿プルップル。ガッツリ設定に震える筋肉、乱れる吐息。正面から太一が見ることは決して許されない。

「楽勝！　でもあっち～」

この時点で不破の額には汗が滲んでいる――そして、ゲーム開始から実に三〇分後。

「はぁ、はぁ、はぁ……なにこれ、きっつ～！」

ステージが一区切りついたところで、不破はヨガマットの上でドカッと体を横に投げ出した。ランニングやプールで体力もついてきているはずだが。それでもこのゲームの仕様に付いて行くにはまだ不足しているらしい。

もっとも、プールでの不破は太一の背後から飛びついて驚かせて来たり……水泳で勝負を挑んできては『負けたら飲みもん奢りな』などと一方的に取り決めたりとやりたい放題だ。

正直に言って、運動しているんだか遊んでいるんだかわからない。まぁそれでも体を動かしている分、まだ部屋でだらけているよりはマシなんだろうが……

「だ、大丈夫ですか？」

ヨガマットに沈む不破を太一は上から覗き込んだ。

プール帰りに着ていたシャツは汗が染みこんで彼女の体にぴったりと張り付いている。

「いやこれなんなん？　マジでゲーム？　アタシ今すっげぇ体重いんだけど」

「あ、オレも最初は不破さんと同じこと思いました」

「いやこれさ、マジ考えたやつ鬼なんじゃね？」

「あはは……」

苦笑するしかない。しかし同時にホッとした。てっきり「こんなゲームをやらせやがって」と怒りをぶつけられるのではと思っていたが、それは無事に回避されたようだ。

このゲームは決して理不尽を要求してくる仕様ではないが、想像以上に体を酷使する。普段運動などしない人間がプレイすれば、大抵は今の不破と同じ状態になるだろう。

「宇津木～、水もってきて～」

「はい。これ」

「うぃ～、サンキュ～」

事前に飲み物を準備しておいて正解だった。太一は経口補水液のペットボトルを不破に手渡した。彼女はのっそりと起き上がると中身を勢いよく喉に流し込んでいく。

「ぷはっ……ああ、温いけど生き返る～。てか、服汗でやば」

シャツの胸元を指でつまむように持ち上げて不破は顔をしかめる。と、今度はシャツの裾をパタパタとはためかせて中に風を送り込み始めた。

「ちょ、ちょっと不破さん」

「ああ～、なに？」

「あの……それはさすがに……」

「あ？　あぁ。いや、つか見てんじゃねぇよ」

「す、すみません」

「あち～……宇津木～、扇風機とかねぇの～？」

「あ、ありますが」

「じゃあ持ってきて～。全然あせひかないし～」

「……分かりました」

が、太一が隣の部屋に保管してある扇風機を取りに行こうとした瞬間、

「ただいま～」

「っ!?」

玄関から姉の帰宅を知らせる声が聞こえてきた。

……や、やばい！

姉が帰ってきてしまった。時刻は七時少し前。いつのまにか結構な時間になっていた。ゲームのプレイ時間自体は三〇分程度だが、なんやかんや時間が進んでいたようだ。姉の帰宅は大抵六時半から七時前後である。不破の来訪で完全に失念していた。

「う～ん？　誰か来たん？」

「あ、あの不破さん！　ちょっと隠れてもらっていいですか!?」

「は？　なんで？　イミフなんだけど」

「で、ですから～」

家に知らない女子を招いた（強引に押しかけて来た）今の状況を姉に見られたらどう思われるか。彼女との関係は間違いなく追及される。しかしなんと説明すればいい？

――ここ最近彼女のパシリのような立場になってダイエットに協力させられています？

言えるわけがない。

姉に心配を掛けたくないのはもちろん、そんなカッコ悪い姿を家族に知られるのも当然避けたい。いくら太一とて男としてのプライドくらい爪の先程度は持ち合わせているのだ。

足音が近づいてくる。もうこうなればなりふり構っている時間はなく、

「はっ!?　ちょっ!?」

太一は不破の腕を掴んだ。一も二もなく部屋を移動してもらう。

「あとでいくらでも怒られますから！　とにかく今は隣の部屋に！」

「いやだから意味がわかんねぇっての！」

抵抗する不破。女子の腕を掴む太一。しかし太一の奮闘虚しく、

「はぁ〜……疲れた〜。太一〜、今日の分の運動……――は？」

部屋の扉が開かれると同時に、涼子は弟と見慣れないギャルの二人を視界に収めて固まった。

弟が部屋に女子を連れ込み、今まさに彼女の腕を掴んでいる。

「あ、ち〜す。お邪魔してま〜す」

「あぁ、うん。いらっしゃい……え？」

誰？　と訊くより先に、涼子の視線は太一に向けられた。どういうこと？　と目で問い掛けている。部屋にはゲームの軽快な音楽だけが流れる。

が、涼子は「あ」と声を出すと、なにやら妙に納得したような顔になり、「ああ、そういうことね」とひとり首を縦に振った。その顔は妙にニヤついたものになっている。

「こんにちは。太一の姉の涼子です」

「ちす。不破満天っす」

「不破さん、ね。弟と一緒にゲームしてたのかしら？」

「そっすね。でもこれすっげぇ疲れて全身汗まみれでめっちゃ気持ちわるい～」

「ああ、それね。初めてだったのかしら？　よかったらシャワー使う？」

「え⁉　マジで！　助かる～！」

「ええ⁉　ね、姉さん⁉」

「廊下に出て右側に引き戸があるから、そこが脱衣所ね。着替えはあるの？」

「ああ～、さすがにないかな～」

動揺する太一を前に涼子は不破と挨拶を済ませるとあれよあれよと話を進めてしまう。

「服は洗濯しておくから、悪いけどしばらく私の服を着てもらってていい？　あと下着は未使用の下なら用意できるけど、上は多分サイズ合わないからちょっとだけノーブラで我慢してね」

「別に問題ないすよ。つかなんか色々としてもらってこっちが申し訳ないっていうか」

「別に気にしないでいいから」

「あざます！　それじゃシャワーお借りしま～す！」

「は～い。あ、匂いとか気にしなければシャンプーとかも使っていいからね～！」

「ありがとうございま～す！」

不破は涼子と軽い調子で言葉を交わすと、宇津木家の脱衣所に消えていった。呆然とそれを見送る。まるで通り雨のような慌ただしさだった。

「ああいう感じも久しぶりねぇ。しっかし、あんたが家に女の子を連れ込むなんてねぇ」

「え？　あ、いやちがっ！」

「いいからいいから。隠すな隠すな。あの子なんでしょ？　あんたが前に言ってた、ダイエットを始めるきっかけになった『好きな子』って」

「いやそれは姉さんの勘違っ、」

「それにしてもああいうタイプの子が好みだったとはねぇ。ちょっと意外だわ」

「だ・か・ら！　オレの話を聞いてってば～！」

勘違いを加速させる涼子。その表情は新しいおもちゃを与えられた子供のソレであった。

太一の声は虚しく響き、テンションの上がった涼子の耳を華麗にすり抜けていく。

誤解は解けぬまま、太一は涼子から「あの子がシャワー浴びてる間に、あんたもさっさと今日の分のプレイ済ませちゃいなさい」と促される。太一はそれどころじゃないと思いつつ、姉の言葉に逆らうこともできずに今日の分のノルマを消化させていく。

クラスの女子がシャワーを浴びている状況にまるでドギマギすることもなく、逆にこれからどうなってしまうのかという不安に心臓がドッキドキである。

……これ、絶対に家に女子を招くイベントのドキドキじゃないよなぁ。

なにか色々と間違えている。そんなことを思いつつ、太一は今日のプログラムに取り組んでいった。

不破がシャワーを浴びて戻ってくるのと入れ替えに、涼子に促されて太一も掻いた汗を流しにいく。頭からお湯を被りながら、いっそ今の状況も全部綺麗に洗い流されてくれればいいのに、と思わずにはいられない。普段より手早くシャワーを済ませる。

不破と涼子の二人で一体どんな話で盛り上がっているのか。不破はあの通りだし今の涼子も妙なテンションだ。あることないこといらぬことをバンバン話しているのではないか。

太一は髪を乾かすのも渋ってタオルを頭に載せたまま脱衣所から飛び出した。

「あら、あんた。今日は随分と早いじゃない。てか、髪くらいちゃんと乾かしなさいよ」

と、姉にあきれ顔で出迎えられてしまった。不破はリビングのソファの上で涼子のダボッとしたパーカーに袖を通してスマホをいじっている。

「そうだ。聞いたわよ。あんた、最近はずっと不破さんと外でダイエットしてたんだって？」

「っ!?」

姉の発言に太一はギョッと不破へ視線を向けた。

……ど、どこまで話してるんだ？

不破は我関せずとスマホに夢中。まるで自分の家かのような見事な寛ぎっぷりである。

「最近ずっと朝早くに出掛けてるとは思ってたけど、そういうことだったのね。言ってくれればすぐにサポートしてあげたのに」

「あ、あはは……さすがに、恥ずかしくて」

「玄関で土下座してくる方がよっぽどカッコ悪いわよ」

「ぐ……ごもっともで」

「あ。そうだ」

涼子は不破に振り返った。

「不破さん。もうけっこう遅い時間だけど大丈夫？」

「問題ないかな。うち家にほとんど親いないんで」

「あら、それじゃご飯とかはどうしてるの？　自分で作ってるの？」

「う〜ん、たまに？　でもほとんどコンビニかスーパーの総菜すね。本気で面倒な時はメイトだけで済ませる時とかありますし」

「めいと？」

「カロリーメイト」

「ああ、なるほど……でもそれだけじゃお腹すくんじゃない？」

「でも今はダイエット中ですし、逆にいいかなって感じで」

「それ、むしろ逆効果って話よ」

「え？　マジすか？」

ダイエットで食事を抜く人は多い。しかしそれで体重は落ちても体は脂肪を蓄えるようになってしまい、逆に太りやすくなってしまう。むしろ、運動して筋肉をつけて基礎代謝を上げ、脂肪を燃やしてしまう方がはるかに健康的で、見た目のシルエットも美しくなる。

しかし運動だけで筋肉はついてくれない。体の中にそれを生成するための栄養を摂取しなくてはならないのだ。

人の体は無から出来上がっていくわけじゃない。内に取り込んだもの、食べたもので出来上がっていく。食べて太るのではない。食べる物、食べ方で太るのである。

「へぇ、そうだったんすね」

「そういうこと。あ、そうだわ！　ねぇ不破さん、よければうちで一緒に食べていかない？」

涼子から飛び出した提案に「「え？」」と二人の声が重なった。

しかしその反応は全くの真逆。片や顔から血の気を引かせる者。片や珍しく期待に目を輝かせる者。どちらが誰の反応かは語るまでもないであろう。

「マジすか！　ゴチになっていいんすか!?」

「大丈夫よ。不破さんがいいならすぐにでも用意するわ」

「おお！　お姉さんマジ最高！　そんじゃ今日はゴチになりま～す！」

「え？　えっ？　え!?」

またしても自分を置き去りに話が進んでしまう状況に太一は狼狽えるばかりである。

「さて、それじゃ急いで作っちゃうから、太一は食器とか用意して」

「あ、ちょ、姉さん！」

異議を唱える暇もなく涼子はキッチンに入ってしまった。

……な、なんでこうなるの～。

◆

「おぉ、美味そう！　いただきま～す！」

言うが早いか、不破はテーブルに並んだ料理に早速箸を伸ばす。

今日の献立は彩り鮮やかなビーンズサラダに豆腐ハンバーグ、野菜マシマシの味噌汁、前日から仕込んでいた玄米の炊き込みご飯だ。

「なんか結構ボリュームあるっスね。こんなに食ってもいいもんなんすか？」

「大丈夫みたいよ。ね？　太一」

「はい。え、と――」

箸をすすめながら、太一は姉に振られるままダイエットの際の食事について説明した。運動で効率的に痩せるには正しく食べることが重要である。よく言われるのが運動後四五分以内にタンパク質など筋肉の基になるものを摂取するというものである。

「それと、不破さんに渡した紙にも書きましたけど、糖質とか脂質も、完全に絶っちゃうと逆に健康に悪いって言いますか……過剰摂取がダメってだけで、絶対に食べちゃダメってことじゃないんです。どんなダイエットも『制限』ってついてるじゃないですか。制限って、抑えるって意味ですから、禁止するわけじゃないんです」

「へぇ。意外といろんなこと調べてたんだな。え？　でも食べないで太るとかなくない？　実際それで前は体重落ちたし」

「そ、それは、筋肉量とか摂取水分の量が減少しただけで、実際体は脂肪をため込もうとしますし、代謝を上げる筋肉も分解されちゃってるので、その際は体重より、むしろ太る要因を増やしてるだけ、と言いますか」

「うわ。マジか」

不破は「絶食やめよ」と黙々と口の中に料理を運んだ。

「まぁ、絶食ダイエット自体も、やり方次第で健康的に痩せる方法はあるって聞いたけど、私はこうして普通に食べて痩せたいわねぇ」

涼子はそう言って玄米を口に運び、「うん、我ながらいい出来」と自画自賛した。

「食べて運動して筋肉付けて、脂肪を燃やす。それが一番確実って感じじゃないかしら？」

「でもアタシ、あんま料理得意じゃないしなぁ」

「あら、ならうちに食べにきたらいいじゃない」

「「え（マッ）!?」」

「別に一人分くらい余計に作るのそんなに手間ってわけでもないし、我が家も今は二人暮らしだから、食事は賑やかな方が嬉しいわ。どうかしら？」

「いいんすか？　多分アタシ遠慮しないすよ？　自分で言っててなんですけど」

「大丈夫よ。太一に付き合ってくれてるみたいだし、不破さんだって早く痩せたいわよね」

「それはまぁ。そすね」

「それに、この子って誰か見てないとすぐにサボろうとするし、不破さんに太一のダイエットを監視してもらえると嬉しいわ」

「りょ！　そういうことなら、遠慮なくこれからゴチになります！」

「ええっ!?　ちょ、ちょっと！」

……マズイ！　このまま話を勝手に進めさせると本当にマズイことになる！

そもそもダイエットに協力しているのは太一であって不破ではない。

だがどうそれを訂正すればいいのか。事実は話せない。かといってここで傍観すれば唯一の心のセーフティエリアが消し飛ぶことになる。不破というハリケーンが我が家に出入りする先に太一はまるで明るい未来を想像できない。

今は涼子の前ということもあってか大人しい印象だが、これが数を重ねるごとに本当に遠慮がなくなったら……

「で、でもさ。不破さんだって家でご飯食べたりとか、そもそも親が許してくれないんじゃない？　ほ、ほら！　年頃の男女が家で一緒ってのもさ！」

「いや、別にアタシは気にしないし。てか宇津木を男として見たこと一回もないから大丈夫っしょ。それにさっきも言ったけど、アタシんとこ家にほとんど親いないし、一緒に飯とかここしばらくまともに食ってないわ」

「え？」

思わず飛び出した最後の発言に、太一は思わずシリアスなものを想像してしまう。

涼子も不破の家庭環境が少々一般的ではない雰囲気を感じ取ったのか、表情を硬くする。

「てなわけで、なにも問題なし。これからご飯、よろしくおねがいしま～す！　あ、もち食費は出すんで。アタシ、今はこんなんすけど、前は読モでそこそこ稼いでたんすよ」

「別に気にしなくてもいいのよ？　私も食べてくれる人がいるだけで、作り甲斐あるし」

「う～ん。でもやっぱケジメ？　みたいなのは必要だと思うんすよ」

「そう？　でも、無理だと思ったら本当に遠慮なく言ってちょうだいね」

「あざます。う～ん、でもほんと涼子さん料理うまいっすね。マジで箸とまんないし！」

「ありがと。どんどん……はダイエット中だから無理だけど、いっぱい食べて行ってね」

「もち！　あ、これいただき！」

微妙に暗くなりかけた空気を暗くした本人の美味そうな笑顔が吹き飛ばす。太一が切り分けた豆腐ハンバーグのかけらを強奪していく様はまさしく女王様。「ああ！」と声を上げるも不破は悪びれる素振りなし。

しかし涼子はそんな二人を妙に生暖かい目で見つめている。自由で騒がしい食事が終わったのは夜の八時少し前。太一は結局不破の出入りを阻むことはできず、「また来ま～す」と手をヒラヒラさせて去って行く彼女の姿を見送ることしかできなかった。

涼子は太一に彼女を家まで送らせようとしたが、「いや、大丈夫なんで。今のアタシ襲うとか好きもの過ぎっしょ」などと珍しく自虐されて断られた。

「ほんとに送っていかなくてよかったのかしらねぇ……」

「いいんじゃない。本人が大丈夫って言うんだし」

「あんたね……はぁ、まぁいいわ。片付け、手伝ってくれる？」

「分かった」

ひとまず嵐は去った。しかしこれから先、この嵐は定期的に宇津木家の敷居にピンポイントで暴風をもたらしていくことになるだろう。

改めて、太一は自分の迂闊さを呪わずにはいられなかった。

「さて、それじゃ聞かせて貰おうかなぁ。あの子のどこを好きになったのか」

そして、勘違いの速度を上げてニヨニヨと暴走するこの姉をどうしたものか……

◆

不破は本当にほぼ毎日、宇津木家に顔を出し食卓を共にしていた。最初は夕飯だけだったものが、いつの間にか朝のランニング後にも顔を出し、シャワーを浴びて朝食まで一緒にとるように……こうなると顔を合わせていない時間の方が逆に短いくらいである。

もはや自宅のような感覚で「ただいま～」と口にするあたり、随分と馴染んでしまっているように感じられる。

ここ最近は近隣の部屋の住民とも顔なじみである。彼女は態度こそ粗忽だが不愛想ではない。意外なことに周囲との人間関係を構築する術（すべ）は非常に優れている。

太一はそんな彼女を観察し続け、思わず「なるほど」と納得した。伊達にクラスでカーストトップにいたわけではないのだと。

不破が宇津木家に通うようになって二週間が過ぎた。

依然として太一に対するアタリはキツイが、最近は常に撒き散らされていたピリピリとした雰囲気がだいぶ緩和されてきたように思う。

宇津木家リビング。ソファで膝を抱えてスマホを弄る不破を背に、太一はリング状のコントローラーを手にゲームをプレイ中。今日の彼女は学校から直接マンションに来たため制服姿である。スカートの下は運動することを考慮してかスパッツを着用。

いつもは不破が先にプレイしてシャワーを浴びに行くのだが、今日は、

『あぁごめん。なつかしい奴からラインきてた。ちょっと連絡するから先にやってて』

と、こんな具合に普段と順序が逆転し今に至るわけである。

日課となったランニング、週三回のプール、そして宇津木家でのフィットネスゲームプレイに涼子手製のダイエット料理。それらがうまい具合に作用し、不破の外観はここ数週間で目に見えて変化が現れていた。

元々代謝がいいのか、あるいは運動をしていた過去から筋肉がついていたためか、ダルッとしていたお腹のお肉はほどほどに取れて、顎のラインも見え始めていた。

「──へぇ。あんたの動きもなかなか様んなってきたんじゃね？」

不意に声を掛けられて、太一は「ふぁい!?」と素っ頓狂な声を上げて最後のスクワットを盛大にミスしてしまった。

「ちょ、なにやってんだしw！　てかキョドり過ぎなんだけどw」

ケラケラと笑う不破。太一はちょっとだけムッとした表情を浮かべたが、すぐに画面に向き直ってプレイを再開した。映像は戦闘画面から切り替わり足踏みでの移動パートだ。

通常の足踏みより太腿を大きく持ち上げ、膝が九〇度になるよう脚を何度も上下させる。

それを見ていた不破からまた声がかかる。

「宇津木、前は脚全然上がってなかったよな。息切れしまくって何度も足止まってたしｗ」

「い、今はそんなことないじゃないですか」

「だから『前は』って言ってんじゃん。ちゃんと人の話きけし」

「ふ、不破さんだって前は息切れしてたじゃないですか。汗だっていっつもすごいし」

「あ？　調子のんな。アタシの方が何倍もスマートだったから。一緒にすんな――っての！」

「うわぁ!?　ちょっと不破さん!?」

いきなり、不破は背後から太一の脇に手を入れてきた。しかも彼女は身を寄せてくるなり、脇やらお腹やらをくすぐってくる。

「おらおら～どうした～？　脚上がってねぇぞ～ｗ」

「ふ、不破さん、ちょ、危ないですから、やめてくださいっ！」

「あははは！　宇津木慌てすぎｗ！　ちょうウケるんだけどｗｗ！」

「むぅ……」

ひと通り太一をからかって満足したのか、不破は太一から離れてソファに戻っていく。

太一は口を尖らせながらも、視線を画面へと戻してフィットネスを消化していく。

しかし、こうして騒ぎながらも普通に体が動き、ほとんど呼吸も乱れなくなっている。一ケ月とは言え、日々のランニングや水泳で太一の体も絞られ、体力もついてきた。

腫れたように丸かった顔も徐々に輪郭が出てきて、顔つきにも変化が見られる。

が、それと同時に姉と同様の三白眼が際立つようになり、不破からは、

『あんた最近目つきめっちゃ悪くなったなw、すっげぇウケるんだけどw』

などと写真を撮られた上にケタケタとバカにしたような顔で笑われた。

決して自分がイケメンではないと自覚はしていたが、それでも痩せてくれれば少しはまともな顔に近付いて来るものだと思っていただけに、この変化は嬉しくなかった。

しかも不破いわく、

『今のあんたの顔なら、三年のヤンキーでも逃げ出すんじゃねぇw！　あははっ！』

太一としてはそこまで目つきが悪いのか、と思うのと同時に、どう転んでも自分の容姿は一般的なものには落ち着かないんだな、と悲しくなった。

『ゴール！』

ゲーム画面からステージクリアのアナウンスが流れる。今日のところはここまでで終了。

「よっし次はアッタシ～」

と、ソファから立ち上がった不破にリング状のコントローラーを手渡した。

「うわ、コントローラー汗すってんじゃん。宇津木今度から手袋してプレイしろな」

……それ、オレもいっつも同じこと思ってるんだけど。

内心で抗議するも、彼女が人の言う事を素直に聞くような性格なら苦労はしない。やはり彼女は勝手だ。自分の好きなように好きなことをして好きなことを平然と口にする。

涼子の前では多少猫を被っているが、太一の前だと本当に遠慮がない。

……舐められてるんだろうなぁ。

思わず嘆息する。彼女から対等に扱われたいなどとは思わないし自分が底辺にいる人間であることは理解している。最近はよく不破と一緒にいること、痩せてきたことなども手伝って周囲から若干注目を集めてはいるが、話しかけられても彼の根っこの部分が他人とのコミュニケーションを阻害する。

うまく話そうとしてカラ回るか、考えすぎて愛想のない返答をしてしまうか。

そんな自分が、誰かから対等な存在に扱われるはずがない。

太一の内に黒い感情がぷつんと湧き出てくる。自虐的な思考に陥りながら、

「先にシャワー浴びてきます」

「いてら～」

適当な返事に送り出されて、太一は脱衣所に入る。鏡に映った自分を思わずみつめた。

贅肉と脂肪の塊のようだった体から、皮膚の下に確かな筋肉の存在を知覚出来るまでに。

きっと、このまま行けばそう遠くないうちに不破のダイエットも成功し、太一自身もこれまでのようなガチデブ体型からオサラバできるだろう。

……あと、もうちょっと。

意外と、不破はその不真面目さからは考えられない真剣さでダイエットに挑んでいる。

汗を流した太一は、髪を乾かしてリビングに戻る。不破はまだゲームをプレイしていた。彼女が大きく動くたびにスカートが翻って中のスパッツが見え隠れする。

「ふぃ～、あっつ……」

大きく開いたシャツ。風を送り込むために胸元をパタパタとはためかせる仕草に、太一は思わずドキリとさせられた。

不破が元の体形を取り戻すまで、きっとそう時間はかからない。

太一は、彼女の体付きに女性特有のシルエットが宿ってきたのを自覚し、もっと彼女が早く痩せられる何か、別のアプローチはないか、と考え始めた。

「満天ちゃん、だいぶ料理うまくなったわね」

「お！　マジすか！」

「うん。最初はちょっと危なっかしいなぁっ、て思ってたけど。若いっていいわねぇ。どんどん吸収していって」

「いやいや『りょうこん』めっちゃ若いじゃないすか～w」

宇津木家のキッチンで気安いやり取りをしているのはもちろん不破と涼子だ。いつの間にか涼子は不破を下の名前、しかも「ちゃん」付けで、不破の方も涼子を「りょうこん」などとあだ名をつけて互いに呼び合っている。

下手をすれば実の姉弟である太一より仲がいいのではなかろうか。今日は土曜日。不破は白のシャツにハーフパンツ、髪を後ろで束ねている。二人はキッチンでエプロンをつけて昼食の用意をしていた。

ことの発端は一週間ほど前のこと。宇津木家での夕飯の席。その時ふと不破が、

『料理？　やってもレンチンとかお湯注ぐだけとかかな。あとは焼きそば焼いたり？』

それに対して涼子は『ねぇ、満天ちゃん。料理してみない？』と切り出した。

不破は『ええ〜』という顔をしたが、涼子は笑みを崩さず、

『ダイエットメニューを自分で作れたら、うちに来なくなってもダイエットの継続ができるし、痩せた後の綺麗な体型維持もできるわよ。それにリバウンドしにくくなるし、料理できて損はないと思うけどなぁ』

などと不破を焚きつけた。不破は少し『う〜ん』と悩み、脇腹の余った肉を摘まみながら『うん。やる』と短く了承した。

しかしこれに関して太一は少し意外だった。不破は学校での態度からもわかる通りけっこうな面倒くさがり屋だ。授業はサボりがち、学校行事もどちらかといえば消極的な方だ。

だがここ最近、彼女は自分が興味のある分野はとことん突き詰めてのめり込む傾向があることも知った。約一ヶ月もダイエットを継続できているのを見ればその点は明白だ。

だとしても、そこから料理をしてみる、ということになるとは正直いって予想外だった。

だが蓋を開けてみれば、不破はこの一週間で確実にその実力を上げてきている。

最初こそ味付けがかなり極端かつ大雑把だったり、粉っぽい、焼き過ぎで真っ黒、生っぽいなどと惨憺たる有様ではあったが。

今では普通に食べられるどころか、美味しいと思える物が出てくるようになっていた。

が、その裏には『満天ちゃんの作ったものは残さずに食え』という姉からの脅迫による、太

一の失敗料理の完食、という苦行も大いに手伝っていたのは確実であろう。その度に太一は胃薬の世話になる羽目になったのは言うまでもない。

「宇津木、皿～」

不破に呼ばれて太一は食器の準備を始める。ここ数日でできあがったルーティンである。

……ほんと馴染んでるなぁ、不破さん。

最初は違和感しかなかった彼女の存在が、いつの間にか当たり前の光景になりつつある。人間って慣れる生き物なんだな、と太一は認識させられた。金髪に複数のピアス、付け爪（調理中の今は外しているが）、ラフで露出の多い服装。姿は勿論、言動の何もかもが派手、良くも悪くも視線を集めてしまう少女。

……なんか、バグってるなぁ。

二人に聞かれないよう、太一は小さく呟いた。交わるはずのなかった彼女と、今はこうしてひとつ屋根の下。多くの時間を共有している。

……でも、それももうすぐ終わりだ。

五月の初めから、今は六月の中旬。この調子でいけば、夏休みまでには確実にダイエットを達成できるはずだ。もっと順調にいけば、今月中に目標へ到達できる可能性もある。

太一はテーブルに並んだ料理を口に運び、「おいしい」と小さく感想を漏らす。

「それアタシが作ったヤツ。ありがたく食えよ」

どや顔で胸を張る不破。発言の尊大さの割に顔が嬉しそうな辺りなかなか単純である。

「はい。ありがとうございます、不破さん」

「アタシが作ったんだから当たり前じゃん。あ、この鶏肉アタシも～らい」

「ああっ!?　それ最後にとっておいたヤツ！」

「早い者勝ちだし～」

彼女の傍若無人な振る舞いに太一は顔をしかめた。

……やっぱり、こんな関係さっさと終わらせよ。

そう思っているはずなのに……少しずつ、太一は彼女のことがわからなくなっていった。

◆

――週明け。本日から太一たちの通う学校では、新体力テストが実施される。

「はぁ……」

「お前、朝からどんだけ溜息ばっか吐いてんだよ。それで隣歩かれっと鬱陶しいんだけど」

「……今日、新体力テストじゃないですか」

「ああ、だっけ？　あれめんどくせぇよなぁ。アタシ去年バックれた」

「はは……」

それができたらどれだけいいか。いまだけは不破のこの適当さを見習って全力でサボタージュを決めてやりたい。

思わず去年の光景が思い出される。

……前は50m走ってる途中に転んで、二回も走ることになったんだよなぁ。

スタート地点に戻る途中、運動部やクラスのイケイケ男子たちから、嘲りに塗れた嗤い声が聞こえてきたのは今でも忘れられない。そこに計測担当の教師も交ざって『お前らあんま笑ってやるなよ！』などと、その本人が笑いながら口にしていたのだからたちが悪い。

「でもま、今回はちょい参加してみっかなって」

「え？　そ、そうなんですか？」

「だって今日まで走ったり泳いだり色々してきたし？　ガチな運動部の奴らとどれくらいやれっか気になんじゃん？」

「そういうもの、ですか？」

「じゃなきゃ参加とかだるくてやってらんねぇって」

「そう、ですか」

前向きな不破のことが羨ましい。彼女は腕を伸ばして柔軟体操をするような素振りを見せる。

「つか宇津木も気張れし。あんたがポカしたら一緒にいるアタシまで笑われんだろうが」

「そんな無茶な……」

不破からのいらんプレッシャー。太一は重い足取りで学校へと向かう。

——そして迎えるテスト本番。

各々体操着に着替え体育館へ集合。手に記録用紙を携えて順番に項目をこなしていく。

前の生徒が握力計を赤い顔してギリギリと握りしめる。彼はたしかサッカー部の生徒だったか。表示された55という数字に小さくガッツポーズを決めていた。

「はぁ……」

一方の太一はといえば相変わらずの溜息。

去年は左右どちらも25以下くらいだったか。ハッキリ言って女子の平均より低かった。

果たして今年はどうか。太一は握力計を受け取り、思いっ切り握りしめ、
そこに表示された結果は——

「あ」

40を超える数字。それは、現代男子高校生の平均的な数値である。

……これって。

握力の測定を終え——以降、体育館で実施されるテスト、『上体起こし』、『長座体前屈』、『反復横とび』とこなしていき……その全ての項目で、太一は去年までは考えられなかった、全国平均の数字を獲得するに至っていたのだ。

去年まで最下位争いをしていた太一。思い出すのは去年の最後の項目である『20ｍシャトル

ラン』。去年は重い体に運動不足による体力のなさも手伝い、30回もこなすことはできなかった。周りが何往復も繰り返していく中、早々にレーンから退場するあの絶望感。

しかし今年は、もしかすると平均を超える記録が出せるかもしれない。

そんな期待が胸中に湧いてくる。

……これ、もしかして不破さんのダイエットに付き合ってたから？

手にした記録用紙の数字に感動しつつ、場所は体育館からグラウンドへと切り替わる。

ここでの項目は『50ｍ走』、『立ち幅とび』、『ハンドボール投げ』の3種目。

いよいよ来てしまった。去年のトラウマ『50ｍ走』……

今年は転ばない。今年は転ばない。

まるで呪詛のように己に暗示をかける。このままいけば、去年のような醜態を晒さずに終わることができる。

目の前で最初の生徒二人が同時に走り始める。瞬く間に遠ざかっていく二人の背中を見送りながら、太一は近づいてくる順番に心臓を鳴らす。

「次。位置について」

そして、遂に順番が回ってきた。隣にいるのはバスケ部員だったか。

が、ゴール先に待つ教師を目にした瞬間、太一は思わず口内に苦いモノを溢れさせた。去年、太一がすっ転んだ時に生徒と一緒になって笑っていた教師だ。

今年も彼が計測担当とは。スタートラインに立つ足が知れず重くなる。思わず俯きかける太一。と——

「——おーい、宇津木〜！」

「っ!?」

咄嗟に顔を上げて声の方へ振り返る。そこにいたのはジャージ姿の不破だ。

……ふ、不破さん!?

女子の輪の中、彼女は周囲の反応も気にせず声を張り上げていた。

「アタシと毎日走っててだっせぇ記録出したらぶっ飛ばすからなぁ！」

「っ！？！？！？」

ただでさえ緊張しているというのに余計なプレッシャーを掛けてくるとは。周りの男子生徒も目を白黒させている。

「あ……」

が、太一の思考がまとまるより先に、スタートの合図が切られてしまう。

完全に出遅れた。隣の男子生徒が徐々に遠ざかっていく。

「オラ宇津木、走れ！　マジでケツ蹴り飛ばして叩き割っぞ！」

「っ！」

途端、太一は跳ねた。地面を靴底で強く噛み、蹴り飛ばすように体を前に出す。

……じょ、冗談じゃない！

不破の蹴りは容赦がない。しかも彼女はヤルと言ったら確実にヤル。本当に尻が割れるかもしれない。

かつてない全力疾走。頭には不破のことしかない。もはや前すらおぼろげである。

……うぉぉぉぉっ!! 今だけは燃えてくれオレのナニカァァァ!!

思い出すのは不破と初めてランニングで待ち合わせたあの日。必死になって彼女から逃げたあの時の自分よ！ 今こそ力を!!

文字通り鬼気迫る形相。後方から迫る太一にバスケ男子は思わず振り返りギョッとした。彼はバスケ部員として日々鍛錬に励んだスポーツ男子。当然今も全力で走っている。

しかし今、その彼の後方に張り付くように追走してくる悪鬼のような男子生徒が一人。

……うそだろ!? こいつ出遅れたんじゃねぇのかよ!? てか顔こえぇよ！

今にも追い抜いてきそうな追跡者の気配に彼は頬を引き攣らせた。

が、今の太一は彼に構っている暇などない。身の安全を賭けて全力で脚を動かし、視界にふっと地面に引かれた白のラインが映り込む。

太一はまるでそこへ飛び込むかのように、極限の前傾姿勢で滑り込み、

ずしゃぁぁぁぁぁぁぁっ!!

ゴールするのと同時に、思いっ切り顔面からすっ転んだ。

「「………」」

その場の全員がシーンと静まり返る。が、静寂は一瞬にして、

「宇津木～～っ！　てめ、転んでんじゃねぇよ！　ケツ出せこら!!」

「ひぃぃぃぃっ!!」

先程までの太一にも負けず劣らずの形相で不破が迫ってくるのを視界が捉える。太一は咄嗟に立ち上がり、背を向けてその場から逃走を図った。

二人の背中が遠ざかっていく中、クラスメイトのバスケ男子は、

「先生、あいつのタイム、どんくらいでした？」

「ああ、え～と……おっ『6秒89』だな」

「は？」

自分のタイムで6秒48である。つまり、
もし、あいつが出遅れてなかったら……

果たしてどんな記録が出ていたのか。クラスの運動部男子は、太一が見せた思いがけない脚力に驚愕を覚えさせられた。

が、再測定しようにも、本人は不破に追い掛け回されて状況はカオス。結局、再び計測されることはなく、太一の数字はそのまま登録されることとなった。

「はい。なんか調べたらカラオケで歌いまくるダイエットもあるらしくて。曲によっては結構なカロリー消費もできるみたいですし、大声で歌うとストレスの発散にもなるって」

「――は？　カラオケ？」

◆

最近日常化してきた校舎裏での不破との昼休み。ここしばらく、料理を覚えてからの不破は意外なことに弁当箱を持参していた。太一の家で作った料理の余りを持ち帰って詰め込んだものではあるが、彼女が弁当箱の包みを持っていることにクラスの面々はかなり意外そうな顔をしていた。

同時に、五月に不破と矢井田が衝突した一件以来、太一が不破にくっついて（実際は連れまわされて）いることに教室では色々と噂が囁かれている。

最も有力なのは、不破が太一を鬱憤晴らしのサンドバッグにしているというものだ。太一の見た目がだいぶ変化してきたのも手伝って、この噂が半ば事実のように語られている。

中には二人が付き合い始めた、なんて恋愛脳な連中の戯言も混じっているが。

『それはない』と周囲の者たちもほとんどお遊びの感覚で口にしているだけである。

いずれにしろ、遠巻きに二人を観察しているだけで接触してこないあたり、巻き込まれるのは御免、という考えが透けて見えるようだ。

そんな雰囲気の中、不破に絡む人間がまったくなかったわけではない。

『なにｗ、今さら必死こいてダイエットとか、クソ笑えるんだけど！　つかキララさ、あの根暗ボッチといつも一緒にいんじゃんｗ！　マジ付き合い始めてんじゃゃね？　負け犬ってか、負けブタ同士で超お似合いじゃんｗ！』

矢井田である。見た目の変化は太一だけに止まらない。不破も確実にぽっちゃりとした体形から元のスタイルに戻り始めている。

そんな彼女に矢井田はマウントを取ろうと絡んでいくのだが……『ウザ』の一言だけで不破は相手にしていなかったりする。元のシャープな小顔に戻り、眼光鋭く睨み付ける不破の眼力に矢井田はたじろいだようにも見えた。

矢井田は標的を太一に変更しようともしたらしいが。ガチガチに緊張した太一の顔面を直視した途端、『うっ』と言葉を詰まらせ、結局彼女は取り巻きと共に教室から姿を消した。

不破の言う通り、今の太一の顔つきは相当に凶悪な代物に変化したらしい。

もっとも、今のところ太一がその事実に気づいた様子はない。元がボッチであるが故という悲しい理由のために……。

「カラオケねぇ。そういやここしばらく行ってねぇな」

「ダイエットの足しになると思いますし、腹式呼吸で歌うと腹筋にも効くらしいですよ」

太一としてもこの提案はなかなかにうまいのではないかと思っていた。ただ歌うだけなら別に太一が一緒にいる必要もない。最近はひとりカラオケも主流になりつつある。これなら太一も不破と一時とはいえ離れることができるというわけだ。

「へぇ。じゃあ今日にでも行ってみっか。放課後のプールもねぇしな」

「いいんじゃないですか。オレは先に家に帰ってお風呂とか色々準備しておきます」

「は？　なに言ってんの？　あんたも行くんだよ。なに一人で帰る気になってるわけ？」

「え？」

「いや、『え？』じゃねぇよ。逆にこっちが『え？』だわ」

まさか誘われるとは思っていなかった。カラオケなどノリが合わなければ地獄の世界だ。過去に太一はクラスのカラオケに誘われたが、まるでその場の空気に馴染めず席の端でそれこそ空気になろうとしていたくらいである。

全然知らない曲が鼓膜をつんざき、いざ自分が歌えば誰にも関心を向けられない。トラウマというほどではないが、それ以来、太一はカラオケに参加したことがない。

「あ、あの……オレ、知ってる曲とか少ないですし……」

「別になんでも適当に歌えばよくね？」

「不破さん、聞いても分からないと思いますよ？」

「別に歌ってカロリー使うのが目的なんだし曲なんてなんでもいいじゃん」

「オ、オレが歌ったら、キ、キモイと思うんですが……多分」

自分で言ってて悲しくなってくる。

「ああ、それはなんとなく想像できるわ」

そしてそれを肯定されてさらにダメージを受ける。

「はい……でしたら」

「いや、一人で歌っても盛り上がらねぇし。カロリー消費すんならテンションアゲていった方がいいじゃん。一人でアガッてってもバカにしかみえねぇし」

「オ、オレは」

「ああもうなんでそうやっていちいちグジグジすっかな!?」

「すみません……」

「別に謝れって言ってねぇし！　てか自分で提案したんだから宇津木もやれっての！　今日はとにかく放課後カラオケ直行だから」

一方的に捲し立てられ、太一は「わ、分かりました」と頷くことしかできなかった。

「あ、そだ。なんだったらあいつも誘うか。ぜってぇ暇してるはずだし」

「え？　あの、誰かほかにも一緒に行くんですか？」

「ん？　ああ、今はクラス違うけど、去年めっちゃつるんでたヤツいんだよ。最近全然ガッコ来てねぇし、久しぶりに誘ってみっかなって」

「……」

彼女の発言に、太一は額と背中に嫌な汗が浮かんでくるのを止められなかった。

……え、ちょっと待って。

先日の、不破が宇津木家に通うようになってしまった一件の時といい、太一はまたしても不用意な発言をしてしまったのではと今更ながらに思い至る。

太一はふと、こんな時にバッチリ使える言葉を思い出していた。

……オレ、またナニかやっちゃいました？

◆

六月にもなると日差しは夕方になっても随分と高い位置をキープしている。

じんわりと湿った空気の中、そろそろ梅雨に突入し始めた今日この頃。空には分厚い雲がかかり、ゆっくりと天蓋のように頭上を覆い隠していく。まるで太一のこれからを暗示しているかのような空模様だ。

ここ最近視界に入るのが常になってきた駅前公園の正面ゲート。不破はアーチ状のオブジェに腰を下ろして脚を組んでいる。短いスカートの内側が今にも見えてしまいそうだ。

しかし今の太一はそれどころではない。

……不破さんの友達って、どんな感じなんだろ。やっぱり、おっかない人なのかなぁ。

これから会うという不破の友人。不破はどちらかといえば女友達よりも男子との付き合いの方が多い印象だ。とはいえ全く同性との繋がりがないわけでもない。矢井田との件があるまでは、派手なノリの女子グループに属していたのだ。

そんな彼女が誘う人物とは、一体どんな相手なのか。

「あ、あの、不破さん」

「ん、なに？」

気になって問い掛けても、スマホに目を向けたままの不破からの返答は生返事。

「今日来る人って、どんな感じの人なんですか？　その、名前とか」

「あぁ……う～ん……まぁこれから会うんだし別に今説明しなくてよくない？　あ、今駅出たって。もうすぐ来るっぽい」

「そ、そうですか……」

素っ気ない応答。できれば事前に少しでも相手の情報を仕入れて心の準備をしておきたかったが、太一の目論見はものの見事にスルーされてしまった。

不破からは今は話しかけてくるなという雰囲気を感じる。おそらく件の相手とメッセージのやりとりに夢中なのだろう。あまり追及してもまた怒鳴られるだけだ。

太一は不安に何度もツバを飲み込む。まるで刑が執行される前の罪人のような心境だ。

そして待つこと五分。

「――キララ～！」

と、甲高い声が辺りに響いた。あまりの声量に道行く人も何事かと視線を振り向かせる。

「おせ～ぞマイ」

「ごめんごめん。ちょいトイレ行きたくなったら混んでてさ～」

太一たちの下に駆け寄ってきた少女。真っ黒なセミロング、しかし毛先にいくほど赤のグラデーションが掛かった独特の染め方をしている。程よく焼けた健康的な肌。彼女は太一や不破と比べてもかなり小柄だ。不破に負けず劣らず、彼女の耳ではいくつもの赤いピアスが左右で光沢を放っている。服装も白地のTシャツにダメージ加工の入ったデニムのショートパンツ姿と、活発な印象を受ける。

「てかなにげに会うの久しぶりじゃね？　元気してた～？」

「久しぶりって……マイが全然ガッコこないからじゃん。毎日なにしてんの？」

「ああ……まぁ適当に街をブラブラして？　あとバイト。つかさ、なんかしばらく見ない間にキララ太ったんじゃね？」

「うっせ！　分かってんだよんなことは！　だから今日はお前を呼んだんだしよ」

「は？　え、なにどゆこと？」

不破は苦虫を全力で嚙み潰すような勢いで、ざっくりとこれまでの状況を説明していく。

「うわ～、マジか……つか矢井田も大概だけど西住とかクラスの奴もめっちゃクソじゃん」

「マジでそれ。ああ！　思い出したらまた腹立ってきた！」

「な～る。で、そっちの、ウツミ？　とダイエットしてるってわけね」

「いえ、あの宇津木、です」

「え？　ああごめんごめん。ウチひとの名前覚えんの苦手なんだよ。勘弁ね」

「は、はぁ……」

……よかった。思ったより怖そうな感じはしないかも。

恰好こそ不破に劣らずなかなかのギャルっぷりだが、話してみた感じとしては不破よりもだいぶとっつきやすい雰囲気がある。

「つうわけで、今日はそっちの宇津木が、カラオケで歌ってダイエット、っての企画してきたからさ。なんだったらガチに盛り上がってカロリー燃やしてやろうと思って」

「そゆこと。オッケー。じゃさっそく行きますか。どこ行く？　コード？　手招き？」

「手ごろなとこでよくね。いっちゃん近いとこ」

「だね。じゃあ手招きだ」

太一の存在を蚊帳の外に話が進む。とはいえ太一からしても「どこに行く？」などと話を振られたところでカラオケ店の違いなど分かるはずもないのだが。

「う～し行くぞ～！　ついてこ～い！」

「なんでマイが仕切ってんだよｗ」

小さな背中を先頭に、太一たちはカラオケ店に向かう。

◆

巨大な猫の手が掲げられた大手カラオケチェーン、ネコ手招き、通称「手招き」。駅前や町内、近隣の市街を探せば一軒は見かけるメジャーどころである。

駅裏に回り込んだ太一たちは隣接するテナントビルに入り、エレベーターで五階のカラオケ店に入った。扉が開くとすぐに受付。オーソドックスなカラオケルーム。暗めの照明に、MVが垂れ流されているモニターの脇には三つのマイクと操作端末が並んでいる。

「んじゃ改めて、ウチは霧崎麻衣佳（きりさきまいか）っていいま～す！　ウチらって顔合わせ初だよね？」

「は、はい。宇津木太一、です」

「よっろしく～！」

肩をバシバシと叩かれる。霧崎は不破とはまた違ったテンションの高さで接してくるギャルだった。距離感が近くボディタッチが多い。

まったく女性慣れしていない太一は動揺しまくりで不破から「反応がキモイ」とありがたくない評価を頂戴した。

「あははっ、確かに！　すんごい陰キャって感じの雰囲気してるよね君！　顔つきはなんかヤクザっぽいのにさｗ！」

テンションが最初からトップギアであるギャル特有のノリに太一は既に気が重い。ベクトルは違うが二人ともとにかく外身が派手で注目を引く。そこにまるで異物が紛れ込むようにオドオドとした太一が居心地悪そうに席に収まっていた。

ただ不破にカラオケダイエットを提案しただけなのに、まさか自分まで連れてこられることになろうとは。おまけに不破にも負けず劣らず、派手なもう一人のギャルまで参戦してくるなど、正直予想外の事態もいいところである。

……いや、でも不破さんの相手が彼女に向けばオレに絡んでくることがなくなるかも。

先程から二人は太一の存在を忘れて盛り上がっている。今も、「やっぱ最初はこれからっしょ」、「キララ毎回それな～。じゃ、ウチはこれ～」と、既に曲を入れて歌い始めていた。

二人とも普通にうまい。アップテンポな曲でテンションを盛り上げ、「イエーイ！」と更にボルテージを高めていく。うむ、実に居心地が悪い。

二人で曲を共有し、合いの手を入れたり強引に割り込んでデュエットしたり。歌った後に表示される消費カロリーに一喜一憂しながら、彼女たちは五曲ほどを歌い切った。

その間、太一はずっとチビチビと烏龍茶をストローで吸い込む。

大人しく影に徹していれば、あるいは無難にこの場を乗り切れるかもしれない……が、そんな淡い期待はあっさりと打ち砕かれる。

「ねぇねぇ、ウチダはなに歌う？　ウチもキララも小休止してるから、なんか歌いなよ」

「え？　オ、オレですか？」

「君以外いないじゃんｗ。つかなんでそんな端っこいんだよｗ」

「おう歌え歌え！　ド下手くそでも笑うだけにしてやっから！」

……帰りたい……ていうかさっきから霧崎さん、オレの苗字間違えまくってくるし。

太一は端末を押し付けられてたどたどしい動作で操作する。そもそも太一はゲームが基本的な趣味でほとんど曲を聴かない。なんならアニソンすらもほとんどわからない有様だ。太一は壊滅的にカラオケに向いていなかった。

「はやく歌え～時間なくなっぞ～」

「アニソン祭りでもウチは全然いいぞ～！」

それすらわからないからもたついてるのだ。しかしいつまでも待たせると場の空気をシラけさせることになるのは必至。

太一は記憶を探り自分でも歌えそうな曲を脳内検索。あまりにマイナー過ぎてもダメ。彼女たちも知っていそうなそこそこ知名度のある曲……

いくつかの選択肢が浮かぶ。その中に一つだけ、まるで光明を見出したかのようにある曲を思い出し、端末から曲データを検索し送信した。

「は？」

「へ？　なにこれ？」

画面上部に表示される曲名。しかし二人は首を傾げる。

画面が切り替わると、ゆったりとしたジャズ調のイントロが終わり、

「あれ？　これどっかで聞いた事あるかも」

「え？　アタシ全然知らね」

イントロでは曲のタイトルが黒い画面に表示されるだけだったが、ふっとシーンが切り替わると、フルＣＧのアニメ映像が流れ始め、歌詞が表示された。

「ああっ！　これ！　えっ、なっつ！」

「あははっ！　これな！　なにこのチョイス！　古くね!?　やっばウケんだけどｗ！」

霧崎と不破が画面を指さす。太一はうろ覚えの記憶を頼りに、羞恥を堪えて歌い始めた。

画面には超有名海外制作アニメ映画の映像が流れている。意思を持ったおもちゃたちの掛け合いや日常、そしておもちゃならではの自分という存在意義、悩み、葛藤を描いた作品。

不破と霧崎は流れる映像に思い出を振り返る。独特なおもちゃたちのビジュアルに「久々に見っけどウケるｗ」とハイテンションだ。場がシラけなかったことに太一はホッとする。

この曲はフルで歌っても三分にも満たないほど短い。

短い時間、しかし太一にとっては（悪い意味で）濃密な時間を耐え、画面は暗転。下に消費カロリーが表示され、太一は歌い切った達成感に肺の中の物を一気に吐き出した。

「い、いやぁ、よかったよ、うん！　ちょっとこれはw、さすがに想像してなかったw！」

「くっ、はははっ！　なに歌うのかと思ったけど！　ほんとっ、あんた！　はははは
っ！」

なにやら彼女たちのツボに入ったらしい。シーンと静まり返られるよりはマシかもしれない
が、なんともバカにされているようで太一としては素直に喜べない。

「はぁ〜、笑ったぁ。ウチダ、この映画好きなの？」

「そ、そこまで好きってわけじゃ……ただ、今の曲は、けっこう覚えてたってだけで」

「ウチはけっこう好きだったよこの映画」

「そ、そうなんですね……あと、オレは宇津木、です」

「そだっけ？　いやほんとごめん。ウチってばマジ人の名前覚えるの苦手だからさ〜」

あっけらかんとした態度の霧崎に太一はなんとも反応に困ってしまう。

「あ、そだ。君のあだ名さ、『ウッディ』でいいじゃん！」

「ウ、ウッディ、ですか？」

いきなりあだ名をつけられた太一。不破もパンと手を鳴らして霧崎のノリに乗っかる。

「ああ！　ソレいいんじゃね？　名前も宇津木だしな」

「んじゃ、ウッディで決定！」

太一のあだ名がウッディになった。

不破と霧崎は太一の選曲に感化されてか、同じアニメ制作会社の曲を軒並み熱唱していく。

「おら！　あんたももっと歌え！」

「歌えい！」

「しっかり盛り上げてけって！」

「場がシラけたらウッディ、罰ゲームな」

「あ、じゃあ採点して最下位のヤツに罰ゲームとかもよくね？」

「ほぉ、ウチとやるって？　ＯＫ！　ボッコボコにしてやんよ！」

「いやアタシの方が毎回普通に点数たけぇし。あ、宇津木も強制参加だから」

「頑張れウッディ！」

ギャル二人の波状攻撃。太一は終始、かなりグダグダになりながらもなんとかその場をのり切っていく。ちなみに勝負の結果は太一がダントツでビリ。

そんなわけで罰ゲームとあいなったわけだが……

「さ～てと。マイ～、なんか罰ゲームの案ある～？」

「う～ん……どうしよっか～？」

気分は判決を待つ受刑者。一体自分が何をした。異議申し立てしたいところである。

「まぁ最初は軽めでよくない？　いきなり無茶ぶりはさすがにウッディも可哀想っしょ」

「ええ～。つまんなくね？　つかだったら何させんの？」

「……あの、できればお手柔らかにお願いします……」

望みは薄いができるだけマイルドな内容になることを願う。と、霧崎は何か思いついたのか、ニヤッと笑みを浮かべ、

「ねぇキララ。ウッディの罰ゲームさ。ウチらのこと名前呼びさせるとかどうよ？」

「はぁ？　それでなんの面白味があんだよ？」

「いいからいいから。それじゃ、今からウッディはウチらのこと下の名前で呼ぶってことで。あ、それとハッキリおっきくね。聞こえなかったらやり直しだから」

「え？　それで、いいんですか？」

身構えていた割には比較的軽い罰ゲーム。霧崎は「もち。これくらいなら余裕でしょ？」と頷く。しかし小悪魔的な表情はそのままに。

「それじゃ、さっそくいってみよ～！　はい、じゃあまずはキララから～！」

「は、はい…………き――」

言いかけ、ふと口を開いたまま太一は固まる。

……え？　これ、なんか。

めちゃくちゃ、恥ずかしい！

「う～ん？　どうした～？　ほらほら～。さっさと呼んじゃえよ～」

「き、きき……ききききききききき――」

まるでクスリでもガンギメした猿のよう。不破は太一の反応に、「なるほど」と霧崎と同じ

ように意地の悪い笑みを見せる。

「き、ききぃっ！」

「おい人の名前ブレーキ音みてぇに呼ぶんじゃねぇしｗ」

「ウッディ、いつまでも罰ゲーム終わんないぞ〜」

「き、き……きら……ら……さん」

「聞こえな〜い」

「聞こえねぇな〜」

ニヤニヤするギャル二人。太一は顔を真っ赤にして口の中でもにょもにょと意味不明な音を転がす。

が、これではいつまで経っても終わらない。最悪不破の機嫌も損ねることになる。太一はぎゅっと目をつむり、

「き、き……き……キリャリャ、しゃん！」

が、力を入れ過ぎて思いっ切り噛んだ。すると、不破たちは更に顔をニヤけさせ、

「なんだよ、た〜いち♪」

「〜〜〜っ!?」

なんの脈略もなく不破から名前呼びで返され、太一の脳みそからヒューズがぶっとんだ。

「ほらほら〜、次はウチじゃ〜ん？」

畳みかけるように霧崎が更なる攻勢を仕掛けていく。思考回路がとんでいる太一は、

「ま、麻衣佳さん!!」

やけくそ気味に彼女の名を叫んだ。が、

「おいこらなんでマイの方だけハッキリ呼んでんだよ～!」

「うわぁ、ちょっと不破さん!?」

不破は太一の頭をガッチリとホールド。ヘッドロックを決めてくる。しかし口調のわりにその顔は状況を楽しむ人間のソレである。

……ちょ、これ痛い以前になんか当たって!?

「うら～!　アタシのこともちゃんと呼べ太一～!」

色んな意味で顔真っ赤状態の太一。カラオケボックスは終始喧騒に満ち、太一は盛大にギャル二人に振り回されることとなった——

……カラオケとか、余計なこと言うんじゃやなかった。

◆

カラオケ店から出ると空はより一層重たい色の雲に覆われていた。

「ありゃ、なんか降ってきそうな感じ?」

霧崎が空を仰ぐ。太一もつられて首を持ち上げた。じんわりと湿気が肌にまとわりつく。

「うえ、マジか。傘持ってきてねぇよ」

不破が愚痴る。午前中から放課後にかけてなんとなく問題なさそうだったこともあって、うっかり傘を忘れてきてしまったのだ。全員が雨をしのぐ装備を持ち合わせていない。

「念のためコンビニで買っとく？」

「だいじょぶじゃね？　急いで帰ればまぁ少し濡れるくらいですむっしょ」

ちなみに帰ると不破は言っているが、実際はこのまま宇津木家にお邪魔する気満々である。カラオケでのカロリー消費とは別にいつものフィットネスゲームに興じるつもりだろう。むろん太一もそのつもりだ。もはや習慣である。

皮肉な話ではあるが、太一は不破という存在がいるからこそ今の習慣が廃れずに続いている節がある。これが独りだったなら今頃はギブアップして菓子に手が伸びていただろう。

「あ、すみません……先にスーパーによって帰ります。バナナを切らしちゃってたので」

「じゃあどうせ行くとこ一緒だし、アタシもついでに家で使う食材買ってくわ。ナッツとかサラダに入れてっとすぐになくなっちまうんだよなぁ」

フィットネスの前に小腹がすいている時はバナナが適している、という話を聞いてから、宇津木家には常にバナナがおかれるようになっていた。

不破も料理をするようになってからというもの、涼子と一緒に近所のスーパーで一緒に買い物に出かけては自宅用に食材を買い込んでいた。しかし本当に自分の家でも料理をするようになっている辺り、不破は意外にマメなところもあるようだ。

「え？　なにキララってば料理なんかしてんの？」

「そそ。わりとガチだから。最近始めたんだけど結構なもんよこれが。今度食わせてやろっか？　割安で」

「金とんのかよ！　てかほんとに食えるもんできんの〜？」

不破と霧崎は移動しながら太一の前でじゃれ合っている。最寄りのスーパーまでは駅裏から歩いて徒歩二〇分ほど。湿気と熱気で歩くだけで肌に汗を浮かび上がらせる。

不破と霧崎も移動しながら「あっち〜」、「きもちわる〜」と手をうちわ代わりにしたり襟を引っ張って中に空気を送り込んだり、なんとか涼を得ようと必死だ。

と、頬に冷たい感触が触れて太一は上を見上げた。

「あ、降ってきちゃいましたね」

「えぇ〜、最悪じゃん。どうする？　ちょっと前んとこにコンビニあったけど引き返す？」

「いや〜、もうあの横断歩道わたったらすぐじゃん。いっそ走った方が早くね？」

「え〜……ウチこれ以上汗かきたくないんだけど〜」

渋る霧崎。しかし雨脚は徐々に強くなり、アスファルトの丸い斑紋は一気にその数を増やし、数十秒と持たずに完全に塗りつぶされた。

「ちょっ!? マジかこれ!」

「うわわわ!!」

「走りましょう!」

もはや地上を穿ちにきているレベルで強烈な雨粒が頭上から叩き付けられる。鼓膜を震わす雨音も凄まじく、声を張り上げなければ互いに意思疎通が困難なほどだ。

三人は無駄と知りつつも、鞄などで頭を守りながら濡れたアスファルトをひた走る。

顔に雨粒が当たって視界が悪い。服などほぼ一瞬でびしょ濡れである。足元も靴の中まで水が浸透。もはや濡れていない箇所を探す方が困難だろう。

目の前に見えた交差点。一行が差し掛かるとちょうどいいタイミングで青に切り替わる。

「お? ラッキー!」

不破は速度を上げて真っ先に交差点に入り込む。逆に少し遅れ気味の霧崎。太一はそんな二人の中間。やや不破寄りの位置を走っていた。

――ふと、一台の白いワンボックス車が交差点へ進入しようとしているのを太一は視界の端に捉えた。だが、どうにも曲がる勢いが速く、減速する様子もない。

「っ!?」

進行方向の先には、不破の姿があった。

……あの車っ、不破さんが見えてないのかっ!?

この大雨である。いかにワイパーを駆動させても視界不良は免れない。おそらくサイドミラーにも雨粒が当たって普段よりも車内からの視界が奪われているものと思われる。かつ、不幸なことに車の進入と不破が交差点に駆け込んだタイミングはほぼ同時――

「不破さん！」

彼女の名を張り上げて太一の手が伸びる。しかし雨音に遮られて声が届かない。だが不破も自分に向かって車が突っ込んできていることに気づいたようだ。車との距離はわずか。恐怖を覚えるよりも先に何が起きているのかを脳が処理しきれず思考ごと動きが停止してしまう。

が、慣性に支配されて前のめりになっていた体が急に後ろへと引っ張られた。太一が不破の腕を掴んで咄嗟に自分の方へと引き寄せたのだ。

視界が目まぐるしく切り替わり、不破は一瞬の浮遊感の後に太一ごと歩道に身を投げ出すことになった。しかし太一の体がクッションとなって不破を受け止める。

二人の視界の外。白のワンボックスは車線を右左にふらつきつつ、止まることなくそのまま走り去ってしまった。咄嗟に不破に気づき車線を跨いで回避しようとしたのだろう。

逆にもし、太一によって歩道側に引き寄せられていなければ……或いは不破が車を躱すために、あえて車道側に飛び出していたら……車は完全に不破と激突していたと思われる。

「「――っ！」」

お尻から地面に倒れ、太一は自分に覆い被さるように倒れてきた不破の下敷きになった。

「キララ！　ウッディ！」

血相を変えて霧崎が駆け寄ってくる。太一はジクジクと痛むお尻に顔をしかめた。

「っ～……」

「いっつ～……あぁ、なんなんだよもう～」

不破が太一の上で起き上がる。

「キララ轢かれかけたんだよ！　もうウチっ、一瞬キララマジで死んだって思ったもん！」

「ちょっ、やめろってば！」

今更ながらに自分の置かれていた状況を思い出して不破はゾッとした。

「つかあんのクソ車！　キララにぶつかりそうになったってのに止まらねぇで行っちまうとかなんなん!?　普通に犯罪じゃん!?」

走り去った車に霧崎は激高。逆に不破は放心状態だ。雨とは違う寒気に思わず肩を抱く。

「そうですね。それじゃ、取り敢えず警察に電話して」

「いい……警察とか、色々訊かれんのとか、面倒だし」

「で、でも」

「いいつってんだろ」

力なく、しかし言葉に険を宿して、不破は太一を制した。なにやら妙な空気感。そんな雰囲気を払拭するように、霧崎が口を開く。

「でもよかった～……てかキララ。さっきからウッディあんたの下敷きになってるから。いい加減どいたげなって」

「え？　あ」

そこでようやく、不破は自分が太一の上にまたがっていることに気づいた。

「いや～、ウッディが咄嗟にキララ引っ張ってなかったらマジで危なかったから～。ウッディナイス！」

「い、いえ……あの、不破さん。大丈夫ですか？」

「あ、あぁ。大丈夫……うん……」

「よ、よかったです」

「と、悪い。いま退（ど）くから――痛（つ）っ！」

が、立ち上がったところで不破は足首に痛みを覚えて顔をしかめた。ジンとした鋭い痛みに立っていられなくなる。先ほど太一に体を引き寄せられたときに足首を捻ったらしい。

「キララ!?　ちょっとほんとに大丈夫なの!?」

「やべ……なんか足めっちゃいてぇ」

「全然大丈夫じゃないじゃん！」

「うわぁ……マジ最悪……」

全身びしょ濡れの上に怪我。先ほどまでカラオケで気分よく騒いでいたのが嘘のようだ。

「どうしよう……キララ、歩けそう？」

「ちょい無理。立つのもしんどい」

完全に弱り切った不破。太一はオロオロする霧崎ごしに不破に声を掛ける。

「と、とりあえず、いったんうちに帰りましょう。このままだと、皆で風邪ひいちゃいますし……その、どうでしょう……？」

「ウッディんち？」

「はい。ここからそんなに掛かりませんし……あ、でも二人の家の方が近いなら」

「ああごめん。ウチんとこだともうちょい歩く。てかキララんちも今って誰もいなかったよね？　この状態でひとりはさすがにヤバいっしょ」

「なら、やっぱりうちに」

「うん。その方がいいかも。キララもそれでいい？」

「つかそもそも今日も宇津木んちに行くつもりだったし」

話はまとまり、ひとまず霧崎も交えて宇津木家へ向かう流れとなった。

が、不破は相変わらず立ち上がるのもしんどそうで、

「ねぇキララ。さすがにウッディに運んでもらった方がいいって。ウチだとキララを支えるのもキツイし」

「え？」

「いやそこで意外そうな顔しないでよ。こんな状態のキララ歩かせられないって」

無論太一とて不破を運ぶことに異論はない。むしろそうすべきだと思うのだが……

しかし、あの不破が太一に触れられることをヨシとするか。一番の懸念はそこである。

「あの、不破さん……その、おんぶって感じになりますけど……その、」

「うぇ～……宇津木におんぶされんの～？」

「キララ！」

「分かってるけどさ～……さすがにハズいっていうかさ～」

「じゃあもうここに置いてくよ！」

「う……わ、分かったよ………その……よろしく……」

霧崎の手も借りて、不破は太一の背中に身を預ける。濡れて張り付いたシャツ越しに不破の体温が感じられた。雨に当たったせいかなかなかに冷たい。これはできるだけ早く体を温めた方がよさそうだ。

「うわ～、やばい。これめっちゃハズいんだけど……」

幸い、この雨のためか周囲に人影はほとんどなかった。しかし不破は顔を赤らめ、太一の背中で小さくなって顔を隠す。

……結構、重い。

女の子が軽いなどという幻想を粉々にされつつ、太一は自宅マンションへと急いだ。

◆

「ただいま」

無事マンションに帰宅。時刻は夕方の六時過ぎ。涼子はまだ帰宅していない。

「お邪魔しま～す」

不破を背負った太一の後ろから霧崎が続く。３人とも雨に濡れて全身ずぶ濡れだ。

「霧崎さん、不破さんをお願いします。今お風呂を準備してきますので」

「えぇ～？　女の子にいきなりお風呂すすめるとか～。ウッディなかなか大胆じゃんｗ」

「うぇ!?　ち、違います！　別に変な意味はないですから！　ただ……そのままだと風邪を引いちゃうといいますか……そ、そういう意味であって！　決してやましい気持ちとかはないです！　絶対にないですから！」

「いやさすがにわかってるからｗ。ウッディ反応良すぎｗ」

「つかそこまで本気で拒否られっとさすがにちょぃムカつく」

……どうしろってんだよ。

「はぁ……とりあえずリビングで少し待っててください。タオルも持ってきますから」

「りょ。ほらキララ～、降ろすぞ～」

不破を霧崎に預け、太一は脱衣所からバスタオルとハンドタオルを準備。二人に手渡して急ぎ風呂に湯を張る。

さすがに濡れた服をそのまま着ているわけにいかない。お湯を張りながら二人にはシャワーを浴びてもらうことにした。とはいえ足を怪我した不破をひとりにするのも不安というもの。ということで、不破と霧崎の二人には一緒に入ってもらうことに。

「覗くなよ～w」と霧崎にからかわれ、「覗いたらぶっ飛ばす」と不破から睨まれつつ彼女たちの背中を見送った。一息ついて太一は髪にタオルを当てて水気を取る。

ひとまず女性陣にはしっかりと体を温めてもらうとして、問題がひとつ。

「着替え、どうしよう……」

濡れた服はドラム式洗濯機に放り込んでおけば数時間で乾く。だがその間なにを着てもらう？

上着は以前のように涼子の服を貸せばいいだろう。

問題は、下着だ。

「……いやいやいやいや」

初めて不破が宇津木家に来たときは、涼子の未使用の下着を（下だけ）渡した。今回もそうすべきなのだろうが……

男の自分が女性用の下着を用意して持っていくのはどうなのだろう？

いきなり、「これ使ってください」と異性から下着を手渡される。それもひとりは今日知り合ったばかりの女子に？

……絶対にドン引かれる。

いや、今は非常時だし仕方ないのではないか？

とは思うものの、どうしても悪い方に想像力が働いてしまう。

が、こうしている間にも不破たちが上がってきてしまうかもしれない。時計を見上げる。

時刻は午後六時十五分。涼子が帰宅してくるまでまだ時間がある。姉がいればそのまま着替えの準備を頼むだけで済むのだが。

「とりあえず、準備できるものだけはしておかないと」

そもそも下着だって未使用品があるかも確認していない。仮になければ本当にどうしようもない。まさかコンビニに買いに行くなんてことが太一にできるはずもないのだ。

「はぁ……」

今日は本当に厄日である。

「カラオケなんて、言うんじゃなかったなぁ……」

そうすれば、自分がこんな苦労をすることも、不破を怪我させることもなかったのではないのか。

「……ほんと、ダメだなぁ、オレ」

不意に、嫌なことを思い出す。

『――あんたはほんと、なにやっても涼子みたいにできないわね』それが母の口癖だった。

昔から、歳の離れた姉と比べられて育ってきた。

涼子は幼い頃から人付き合いがうまく、学業も運動も優秀だった。思春期の頃は盛大に荒れたこともあったが、それも今では落ち着いて立派に社会人をやっている。

普段は口うるさい相手だと思っていても、太一は姉を尊敬しているし、憧れてもいる。同時に、強い劣等感を抱く相手がすぐ近くにいる事実が彼の心を常に歪ませてもいた。

今だって、自分がもっと異性との付き合い方に慣れていれば、もっと格好良く、スマートに対応できていたのではないか……などと、たらればの想像を膨らませて落ち込む。

「え～と………あった」

姉の部屋で箪笥を漁っていると、未使用の真っ白で無地な下着を見つけた。意外と枚数がある。或いは不破の出入りが頻繁化したのに合わせて買い込んでいたのかもしれない。

「こっそり脱衣所に置いておくしかないかなぁ……」

まさか自宅でスニーキングミッションに興じる日がこようとは。

シャワーを浴びている女子二人が家にいる状況などより、この難関任務に挑む方がよほど緊張する。淡い期待など微塵も持てない。見つかったが最後、人生の終わりである。

まさしくドッキドキ。鼓動が刻む心音が醸し出す雰囲気はさながらパニックホラーのワンシーンのようではないか。曇った空、降り注ぐ雨、夕暮れ時で薄暗くなった廊下はなにもかもが良くない方向に演出を振り切っている。

唯一、灯りが漏れる脱衣所の扉は引き戸タイプだ。そっと開けても意外と音や振動が浴室まで伝わってしまう。二枚のパンツを手に、脱衣所の前でコソコソと前かがみに忍び寄るその姿はまごうことなき変態のソレ。

だが間違えてはいけないのは、今の彼は扉の先にいる女子二人に劣情を抱いているわけではないということ。むしろプライスレスな恐怖が彼の行く手を阻んでいる。

これより先に潜むは裸の女子。遭遇はすなわち（社会的）死を意味する。そう……これはまさしく、太一にとっては（社会的）生死を賭けた覚悟のステルスゲーなのである。

扉の中央はすりガラスだ。中に人がいれば輪郭で判断できる。まずはそっと近づき、人の有無を確認。扉を開けたらそこは桃源郷でした、なんて状態は絶対に回避しなくてはならない。

パンツを握る拳に力が入る。唾を飲み込み、いざ扉へと接近――

ガラララ――

しようとしたらなんと扉が開きやがった！

「っ――――！！！？？？」

脳内にエマージェンシーコールが鳴り響く。思わず思考停止に陥りかけた脳みそに張り手を喰らわせて強引に回転させる。ここで動きを止めれば待つのは『死』のみである。

「――――っ！」

太一に電流奔る！　彼の死角。左斜め45度後方。外開きの扉、トイレである！

そこならば開いた扉の陰に隠れることが可能。なおかつ相手と顔を合わせる前に個室という絶対空間に退避することができる。しかも仮にトイレの中にいたのが太一だとしても、この場にいた理由が生理現象であれば決して咎められることはない。

まさに、これ以上ないほどの退避先！

この間の太一の思考速度、僅か0・5秒！　圧倒的……圧倒的かつ驚異的な思考能力！

これでかつる！

「あれ、ウッディじゃん！　ちょうどよかった～」

中から出て来たバスタオル一枚の霧崎とばっちり目が合った……

そう。悲しいかな。いかに思考速度が限界突破したとて、それに体がついてこなければ意味などないのである。

「ウチら着替え持ってないからさ～。悪いけどウッディのお姉さんの服貸してくんない？　あと、なんか箪笥にいざってとき用にキララが下着の予備入れさせてもらってるって。それも一緒によろ」

「え？　ああ、はい」

なるほど。あの箪笥の中の下着は不破の私物だったらしい。他人の家に自分の下着の予備を入れておくとは。徐々に不破が家に侵食してきている実態にめまいを覚える。

「てか、ウッディ何もってんの？」

彼女の一言が太一を現実に引き戻す。目の前には半裸の女子。バスタオルを巻いているだけなのでちょっとの衝撃で大惨事は確実。絶対不可侵領域からのびる生々しいおみ足、露出した肩、鎖骨から下には蠱惑的な谷間が……

「ウッディ、視線めっちゃやらし～w」

「くぁwせdrftgyふじこlpっ!?」

「あはははははっ！　ちょっとウッディ動揺しすぎだし～w」

「おいマイ～。早く宇津木から服貰って来いって」

「～～～～～～～～～っ!?」

しかも今度は扉から不破まで顔を覗かせてきた。しかも扉のすりガラス越しに見えた不破の体は、明らかにバスタオルすら身に着けている様子もなく……

「あ、なんだよ宇津木いんじゃん。悪いけどりょうこんの服と替えの下着持ってきてくんね？下着は箪笥ん中にあっから」

「……はい。あ、下着だけ先に渡しておきます」

「お、なんだ珍しく気ぃきくじゃん……って、なんかパンツめっちゃクッシャクシャで微妙に温かいんだけど……」

「気のせいです」

脳の処理範囲を超えた事態に、太一は考えるのをやめた。

――その後。

自宅に帰宅してきた涼子に霧崎が、

「初めまして～。キララの友達やってます霧崎麻衣佳で～す♪」

と軽い自己紹介をした後、

「えぇ!?　満天ちゃんが車と衝突しかけて足首捻った!?　ちょっと大丈夫なの!?　あぁ、もう病院の受付は閉まってるし……太一！　明日午前中は学校休んで満天ちゃんに付き添って病院行ってきなさい！　午前はお休みするって学校には連絡入れておくから。あと満天ちゃんは家帰れるの？　ご両親にお迎えとか」

「ああ、多分家に今誰もいないっすね。まぁでも何とかなるんじゃないすか？」

「えぇ……仕方ないわね。ご両親の連絡先教えて。今日はうちに泊まってもらうから」

「いや別に大丈夫っしょ」

「ダメ！」

「わ、分かりました」

と、涼子の圧によって強引に不破は宇津木家にお泊まりする流れとなり、

「太一！　あんたは今日リビングのソファ！　満天ちゃんは私のベッド！　そして私は太一のベッドで寝るから」

「え？　なんでオレだけソファ」

「なに？　お姉ちゃんと一緒に寝たいの？」

「大丈夫ですソファで十分です」

「よろしい」

「あ、ならウチも今日は泊まってっていいすか～？　家には連絡入れますんで～」

「ならよし。予備の布団があるから、ソレ使って満天ちゃんと一緒の部屋で寝てちょうだい。太一が夜這いを仕掛けたら私たちでボコボコにするわよ」

「りょ！」

「えぇ……」

その夜。思いがけず不破と霧崎のお泊まりが決定してしまったのだった。

ただ……涼子の方でも『警察に相談したほうがいい』と説得されても、不破は最後まで、それにだけは首を縦に振らなかった。

◆

「はい……いえ、むしろこちらこそご迷惑に……はい……ええ、弟にはちゃんと言い聞かせますので……え？　逆？　襲われる？　いえ、うちの弟にそこまでの魅力は……はい……では、しばらくの間はこちらで……いえいえ、お気になさらず。我が家も賑やかになって楽しいですから……はい。では、失礼します」

電話の相手は不破の母親である。普段ほぼ家にいないらしく、怪我をした不破を一時的に宇津木家で預かるという流れになった。

……大丈夫なのそれ？

年頃の男子と女子が同じ屋根の下で寝泊まりするなど問題ではないのか。

しかし会話の内容から察するに不破の母親はこの話を承諾したようである。涼子が受話器を置く。彼女はなにやら苦笑していた。

「なんだか電話越しにものすごく謝られたわね。逆にこっちが申し訳なくなるくらい」

「あぁ……まぁ気にしなくていいすよ。あの人いつもそんな感じなんで」

「たは～。確かにキララママってすっごいおっとりしてるっていうか～、の～んびりした人だよねぇ？　でもってかなり可愛い」

「ちょ、人の親に向かって可愛いとか言うなし」

「いやでも可愛いのは事実じゃん」

「だからやめろってのぶっとばすぞ」

「ちょ、いたっ！　言いながら肩パンすんなし！」

　実に騒がしい。じゃれ合う二人に涼子は「防音はできてるけどあまり騒ぎ過ぎないでね」と小さく注意。

「とりあえず足の怪我が良くなるまで、満天ちゃんにはうちに泊まってもらうことになったから。これからよろしくね」

「っす。しばらく世話んなります。つか、ほんとにいいんすか？　なんならアタシ、別にひとりでもダイジョブすよ？」

「気を遣ってくれてありがと。でもほんとに気にしなくていいわ。狭い部屋だけど、自分の家みたいに寛いでちょうだい。太一のこともこき使ってくれていいからね」

「姉さん!?」

「りょ！」

「不破さんもいい笑顔で頷かないでください！」

「ははは、ウッディこれから大変じゃんｗ」

「霧崎さんは他人事だと思って……はぁ」

ついに……不破が宇津木家で二四時間（学校があるとはいえ）過ごす日が来てしまった。

怪我が治るまでの間とはいえ、不破と一つ屋根の下で寝食を共にする？　なんの冗談だ。

どうやら空の上におわす神は太一に精神的負荷をかけねば死ぬ病にでも掛かっているらしい。

これはいよいよ終末戦争（ラグナロク）の準備が必要と見た。

「ひとまずは明日の病院ね。タクシーを予約しておいたから、太一は満天ちゃんの付き添いね。学校には遅れるって私から連絡入れておくから」

「そすか。でも病院とか大げさじゃね？　動かさなきゃもうそんな痛くねぇし」

「ダメよ。捻挫だけならいいけど、骨にひびとか入ってるかもしれないでしょ。それに捻挫って一回やると癖になるから。ちゃんと一回は診てもらった方がいいわ」

「まぁ、りょうこんがそう言うなら……」

渋る不破を涼子が諭す。あの不破が素直に頷く辺り、だいぶ涼子に懐いているようだ。

「さて、少し遅くなったけどご飯にしましょうか。霧崎さんは食べられないものとかは？」

「ほぼ問題なし！　キノコはちょい苦手！」

「ふふ。わかったわ。太一、ちょっと手伝ってくれる？」

時刻は八時を回っている。今日は不破の足を応急処置したりと中々に忙しかった。

しかし、問題は不破が怪我をした挙句に宇津木家の厄介になることだけではない。

……ダイエット、どうしよう。

そう。よりにもよって不破が怪我をしたのは、足首なのだ。朝のランニングはもちろん、水泳も無理。フィットネスゲームだって大半の運動が制限されてしまう。

食事制限による効果だけでもダイエットは継続できる。だがダイエット成功までにかかる日数は増えてしまうのではないか。不破との関係解消をなしとげるためには一日でも早いダイエットの成功が必要だというのに。

……なにか、できることはないかな。体をそこまで動かさなくても、できるダイエット。あきらめたらそこで試合終了だよ、と誰かが言った。ここまできてのんべんだらりとダイエットの成果が出るのを待つなどできない。

今日のカラオケで嫌でも思い知らされた。太一にとっていまだ彼女は相容れない存在だ。陽キャと陰キャ。カーストトップとカースト底辺。強者と弱者。いずれ精神の摩耗が限界を迎えるのは目に見えている。

思考する太一の隣で涼子は鍋を火に掛けながら中身をかき混ぜている。

「さすがに六月にもなると暑いわねぇ。鍋の前にいるだけで汗が出てきちゃうわ」

……いるだけで、汗が出る？

「あ……」

途端、太一は先程遭遇した半裸の霧崎の姿が思い浮かび、突如閃きが走った。

「それだぁ！」

「えっ!? な、なによ急に大声出して!?」

「ありがとう姉さん！」

「え、なに？ あんた大丈夫？」

「大丈夫！」

「そ、そう……」

……そうだ。なにも体を動かすだけが汗を流す方法じゃない。

食後、太一はソファの上でスマホを手にネットの海へと潜った。思い付いた内容の実践方法と、効果的なやり方について。また、それで得られるメリットとデメリット……

「今度は、失敗しないようにしないと」

メモ帳片手に、太一は日付が変わるまで、調べものに精を出した。

翌日――
検査の結果、骨に異常はなく、ただの捻挫であると診断された。不破は足首を固定され「しばらくは安静に」とのこと。順調にいけば一週間程度で完治するらしい。
不破との病院からの帰り道。午後からの授業のためにタクシーに揺られる車内で、

「サウナと半身浴？」

「はい。なにか体を動かす以外にできるダイエットがないか、昨日調べてみたんです」

これまで試したことはなかったが、この二つにもダイエット効果があるのは有名な話だ。しかも、これなら男女で分かれて入るしかない。よって、太一が巻き込まれることはほぼないと言ってもいい、完璧なダイエットプランというわけだ。

「半身浴ならうちでも気軽にできますし、むくみを取ったり代謝を促すこともできるって。あと美容効果も結構期待できるみたいですよ」

昨日のメモを見せながら、太一は効果の解説をしていく。

「サウナは入り方とか覚えなきゃいけませんけど、こっちもちゃんとダイエットに効果があるみたいですし」

「ふ～ん」

興味があるのかないのか分からないが、とりあえず話は聞いてくれているようだ。

「不破さんもだいぶ絞れてきたのに、怪我で運動も制限しなくちゃいけなくなっちゃいましたから。なにか代わりになるものはないかなって」

現段階での彼女の見た目は、以前スマホで見せてもらった時の姿とほとんど違いはない。これからするダイエットはほとんどダメ押しに近いものだ。

だが不破はまだ理想とする自分の体形には到達していないと感じているようで……

確かにまだわき腹や二の腕など、たるみやすい箇所にはほんのりと摘まめる程度の肉がついてはいる。これを除去してようやく不破のダイエットは達成というわけだ。

「まぁこの足じゃしばらく動くのはしんどそうだし、サウナと半身浴なら体動かさなくていいから丁度いいかもな」

「そ、そういうことです……あの、どうでしょう？」

「いいんじゃね？　アタシとしてもやっぱさっさと痩せたいし。ようやく体も前の感じに戻って来た実感もあったのになにもできないってのはなんだかなぁ、って思ってたしな」

「でしたら、今日から半身浴やってみましょうか」

「それもいいけどさ……もうこのままサボってサウナ直行しね？」

「へ？」

……あれ？　この流れ、なんかデジャヴ。

「運転手さん。なんか良い感じにサウナあるお風呂にお願いしま～す」

「え？　ええええええっ!?」

これは、まさか……

第四部 ✖ 神様デート回を用意するならもっとマシなものにしてくれ

『オレ、またナニかやっちゃいました？　パートⅡ』

過ちは、繰り返されるというのか……。

学校サボってきたるは大型スパリゾート施設。大浴場からお一人様ご用達ツボ風呂まであらゆる入浴施設を完備。

子供も遊べる温水プールやスライダーもついて当然サウナだって揃ってる。一階のフロアを丸々使った多種多様な岩盤浴も用意と至れり尽くせりの施設である。

驚くことなかれこの施設、実際に地下から温泉を引いたガチなヤツ。

しかも水着を着用して男女混合で施設を回れる、これぞまさにカップルキャッキャッホウパリピもニッコリついでに陰キャに死体蹴り。遊んでよし癒されてよし。

しかしここにまるで癒しなどとは真逆な顔をした少年が一人。

……うっそ～ん。

太一の口にした提案がまたしても彼自身の首を絞め上げる。ここまでくるともはやお家芸の領域である。だがこんな十八番は望んでない。鉄板芸ならよそでやれ。

ことごとく太一の考えが裏目に出ている。もはや出目が1しかないサイコロを振らされている気分である。誰か弁護士を呼べお空の神を告訴してやる。

「ここくんのも一年ぶりだなぁ。おら行くぞ宇津木」

「……はい」

片足が不自由な不破に肩を貸す。ロビーで受付と水着のレンタルを済ましていざ中へ。

さすがに男女で着替えは別である。不破は片足ケンケンで更衣室へと消えていく。

周りを見渡せば水着を着た男女の姿が幾人も。客層は二十代から三十代が目立つ。平日の昼間にも拘わらず人が多い。さすがは大型スパリゾート施設といったところか。

インドア派を地でいく太一にはもはや異空間とそう大差がない。あのタクシー運転手も余計なことをしてくれたもんである。もっと手ごろかつ男女別で利用できる施設に案内してくれればいいものを。

いやある意味では不破の足を気遣った見事なチョイスではあるのだが、今この瞬間にタクシードライバーとして本領を発揮しないでほしかった。間が悪いったらありゃしない。

手首に巻いた鍵付きのリストバンド。これ一つで施設内の自動販売機や食堂の利用、レンタル品の貸し出しが簡単にできてしまう。施設を出るときに利用料九〇〇円（岩盤浴施設利用を除く）と合わせて一気に精算するシステムだ。

もっとも太一たちの目的はサウナのみ。使っても自販機で水を買うくらいなものであろう。

それでも一〇〇〇円近く飛んでいくため財布には決して優しくない。

近所の銭湯なら四四〇円プラス一〇〇円で風呂、サウナ、ビン牛乳の三種にありつけるというのに……

『いやまだアタシ一人だと歩きづらいんだけど。風呂場でケンケンとか自殺行為じゃん』

そう言われてしまえばぐうの音も出ない。だがそれなら霧崎でも誘えばいいだろうに。

「はぁ……」

一体いつからついてしまったのか、癖になった溜息が漏れ出てくる。なんだったら一回ごとに生気さえも漏れ出しているような気もするが、きっと気のせいではあるまい。メンタルポイントがカンナがけされる勢いで削り取られていくようだ。

いつもの市民プールならまだしも、今回は平日の真昼間からリゾートしに来るような陽気な連中の前で服を脱がないといけないのだ。太一も思春期男子。太った体を他者に見られることに抵抗を覚えるのは至極当然のこと。

まぁそもそもの話、インドアをこじらせてきた太一からすれば、市民プールであれここであれ、赤の他人の前で服を脱ぐという行為自体がそれなりの苦行なのである。

が、いつまでものんびりしてはいられない。

不破を待たせて怒られるのもそうだが、彼女は足を怪我しているのだ。ここでもたついて怪我がまた増えるようなことになってはは目も当てられない。

「行くか……」

意を決して水着に着替える。

ハンドタオルを片手に引き戸を開けると柔らかい熱気に出迎えられる。一気に視界が開け、目の前にはデカデカとしたスライダーがそびえていた。

時間帯もあるが若者の姿はほぼ皆無。いるのは小学生以下の幼児くらいなものだ。キャッキャッとはしゃぐ姿はなんとも可愛らしい。

太一は不破を探すも、その姿はない。あの足である。着替えに戸惑っているのだろう。

太一は入り口の近くで待つことにした。再び視線を前に戻す。

大きな温水プールで子供たちが親に見守られて遊んでいる。無邪気な子供たちの姿が羨ましい。なんの憂いもなく純粋に娯楽を享受できることのなんと幸福であることか。

或いはそこかしこでアベック（死語）してる男女の二人組には殺意さえ湧いてくる。太一と同じて男女の二人組でこの場を訪れているというのに、この格差は一体何なんだ。

自分をこんな状況に陥れている誰かの存在を呪わずにはいられない。仮にそれがお天道様であっても構うものか。全力で呪詛の念を送り付けてやれ。

太一のやさぐれた心が顔に出る。途端に彼の周囲から人気が去った。

親は子を連れ、カップルは顔を逸らしてそそくさ退散。遠巻きに太一を見つめる民衆は「え？　ヤクザ？」、「かお怖っ」、「ママ〜？　あれな〜に？」、「こらマ〜くん、人を指さしちゃいけません！　殺されますよ！」などと怯えた表情で囁きながら遠ざかっていく。

「おっす～おまたせ～」

そんな中で不破登場。染められた金の髪、照明を反射する銀のピアス。二人の組み合わせは余計に周囲の誤解を更に加速させる。が、それはまだ本人たちの与り知らぬこと。

「んじゃ、さっそくいくか」

「そ、そうですね」

不破の水着はシンプルな黒のビキニタイプである。市民プールで着ていた競泳用水着と違い、当然だが露出が多い。手にはタオル。痛めた足を庇って軽く浮かせている。

しかし以前と比べて贅肉がパージされ、しっかりと女性らしい曲線的なシルエットが描かれている。特に顎の周りの肉が削げたことで顔の印象がだいぶ変わった。

今の生活習慣を継続させていけば、必ず理想的な体形を取り戻すことができるだろう。

「おい、あんま人のことジロジロ見てんじゃねぇよ」

「すみません！」

指を二本立てられて太一は条件反射で頭を下げた。

「ったく……で？　最初に風呂で軽く体を温めんだっけか？」

「は、はい……そうです」

「じゃ、適当にその辺に入ればいっか。ほら、肩かりっぞ」

「ど、どうぞ」

不意に薄着の不破が密着してくる。昨日の服越しではない肌の触れあい。

異性に全く慣れていない太一は、ここにきてようやく正しい意味でのドキドキを覚えた。頬が一気に熱を帯びて不破に視線を合わせることができない。

「なんだ～？　アタシとくっついて緊張してんのか～？　ガッチガチじゃん。反応もきしょいんだけどｗ」

散々な言われようである。が、不破からは以前のような強烈な攻撃性が感じられない。人をバカにしたような態度こそいつもどおりではあるが、非常にマイルドな部類である。太一の感性もなかなかに安定して壊れ始めているようだ。

「ま、でも昨日はなんやかんや助けられたわけだし、帳尻合わせは必要じゃん？」

と、不破はなにを思ったか太一の腕をぎゅっと引き寄せ、より密着度を上げて来た。

結果、彼の腕は不破の谷間にしっかりとホールドされることとなった。

「～～～～～～～～～～っ！？！？」

声にならない叫び、言語中枢が鈍器で殴られたような衝撃に襲われおしゃかになる。

「おい、しっかり歩けって。あんたがすっころんだら巻き込まれんのアタシなんだからな。そうなったらここの支払い全部もたせっから。お～ら！　しっかり進め～」

不破の顔は完全に相手をからかって遊んでいる者のそれだ。彼女も本来は異性との接触に躊躇などしない。ただこれまで太一とそういうことがなかっただけの話でしかない。

「あ、あの!?　不破さんは嫌じゃないんですか!?　オ、オレにくっつくとか!?」

「ええ～別に～。つかアタシ、あんたをそもそも異性として意識したことねぇし。ま、これからもすっことは絶対にねぇけどなｗ」

「そ、そうですか」

なんとなく安心したような、それはそれで悔しいような複雑な気分になる太一である。

不破からの精神＆肉体攻撃（セクハラ？）に耐えつつ温泉に入って体を温める。

それにしても二人の周辺からは相変わらず人が消えていく。不破はそんな彼等の視線の先に太一がいることに気付いた。しかし『黙っていた方が面白そう』という理由で口をつぐみ、顔を背けて笑いを堪える。

ほどよく体温が上がってきたら、風呂から上がって全身の水気を拭き取り、いよいよサウナに突入。扉を開けると内部の熱気に顔が反射的に歪む。が、中でデトックス中だった他の客たちは太一たちの登場に全員がぎょっとし、二人と入れ替わるように逃げ出した。

「く、くくく……」

その様子に不破は太一に体を支えられながら口元に手を当てて笑いをかみ殺す。

しかし太一は無邪気にも「あ、ちょうどオレたちだけみたいですね」などとこの状況を生み出したのが自分だとはまるで思っていない。

それが余計に不破のツボを刺激して「ぶはっ」とついに吹き出してしまった。

「え？　あの、不破さん？」

「な、なんでもねぇよ……くく……宇津木、あんた、サイコウだわ……くっ、くく」

「？？？」

不破の不可解な態度に太一の頭には疑問符が躍る。が、いつまでも入り口に突っ立っていても始まらない。二人は段々になった席の一番下に隣り合って腰掛ける。

「どれくらい入ってればいいわけ？」

「え〜と、たしか一〇分から一五分くらいです」

「結構ながいんだな」

「そ、そうですね」

不破とこれから最長で一五分。これは熱で代謝を促進する健康法ではなかったのか。太一にとっては今の熱が釜茹で地獄と何が違うのか分からない。

何を話せばいいかもわからないし、沈黙も居心地が悪い。しかし振れる話題だってなんにもない。彼のコミュ障な部分がその本領をいかんなく発揮していた。せめてこの二人きりという状況だけでもなんとか回避できればと扉を見遣る。

しかし、扉から人が入ってきたと思っても、太一の姿を見るやそっと姿を消していく。

太一はその都度表情を輝かせ、都度ガックリと肩を落とす。頭の上下運動を繰り返す太一に、不破はふっと目を眇めた。

　と、彼女は俯いて下を向く太一の背中に、パンと勢い良く張り手を喰らわせた。

「いった!?　えっ!?　なんですか急に!?」

「なに一人で暗くなってんだよ。こっちまで気分沈むだろうが」

「えぇ……」

　顔を横に向ける。足を組み口元に挑発的な笑みを浮かべた不破がいた。汗が全身に浮かび、顎から、髪の先から滴り落ちていく。

「あんたさ、もうちょっと姿勢くらい治せって。なんかそうやっていっつも体丸めてる奴と一緒とか、アタシがハズいんだけど」

「そ、そんなこと言われましても……」

「あと、その話し方も直せし。いちいちつっかえんなって」

　急になんなのだろうか。突如はじまった太一へのダメだし。しかし、彼女にはそのキツイ言葉に反して太一を貶めてやろうという意思は見受けられなかった。

「せっかくちょっとは見てくれもマシんなってきたんだしよ。だったらもっと自分変えてやれってなんないかなぁ、普通」

「……はい」

「いや『はい』じゃなくてよ……はぁ……まぁいいわ。つか、そろそろ限界～」

「もうすぐ一〇分ですね。無理して体壊してもアレですし、そろそろ出ましょうか？」

「え〜？　なんか中途半端って負けた気すんだけど。やっぱギリギリの限界まで行ってこその勝ちっしょ」

「なにと勝負してるんですか……」

呆れて太一がそう問うと、

「んなもん、自分に決まってんじゃん」

真っ直ぐに告げられた言葉が、思いがけず太一の胸に突き刺さった。

◆

サウナから帰宅。しっかりと汗を流し、熱と冷水でいじめぬかれた体を外気浴で休ませた。都合3セット。サウナで体の調子を整え、なんやかんや他の施設も色々と満喫してきた二人。

しかし太一の内には、サウナのデトックス効果以上に、不破との会話で生じたモヤッとした感覚が蟠(わだかま)っていた。正体の掴めない感情に、太一は小さく吐息をひとつ。

時刻は夕方の六時半を少し回ったあたり。

太一のマンションの前では、なぜか霧崎が壁に背を預けてスマホをいじっていた。その姿は不破にも負けず劣らずに着崩された制服姿だ。やたらとスカートの丈が短い。少しの高低差で中が見えてしまいそうである。

「あ、やっと帰ってきたし。どこ行ってたんだよ～、こちとら一ヶ月ぶりにガッコ行ったってのに二人とも来ないとかさ～」

唇を尖らせて愚痴りながら近づいてきた霧崎。

不破が足首を痛めてしまい、それをフォローする意味で学校に出てきたらしい。なかなか友達想いのギャルである。

しかしいざ登校してみれば全く二人が姿を見せることなく放課後を迎え、一言文句を言ってやろうと待ち構えていたようだ。

「さぁ吐いてもらおうじゃないの！　ウチをハブってどこで乳繰り合ってたのかをさ！」

なんともじじ臭いことを口にする。しかし初心な太一には効果抜群だったようだ。

「ち、ちちっ!?」

「バカ言えっての。宇津木がなんか足首痛めてもできるダイエットがあるっていうからそれを試してきただけだし」

「いやそれでなんで二人してバックれてんのよ～」

「だってどうせ2コマだけ受けても意味なくね？　なんか時間の無駄っていうか。だったらもうやっちまえって感じ？」

「はぁ……キララって『一度こう』って決めたらほんと一直線だよねぇ……で、どこ行ってたん？　あ、もしかしてホテルで——」

「サウナです！　スパリゾートのサウナ！」

なにやら妙なことを口走りそうになっている霧崎に先んじて太一は行き先を暴露した。

が、それに霧崎は「なんだぁ」とどこかつまらなそうな反応だ。

「二人きりで消えたからてっきりホテルでそういうダイエットしてるのかと思ったのに」

「いやいやいや！　そんなダイエットあるわけないじゃないですか！」

ちなみに後から調べてみたらそういうダイエットもあるのだと知り太一は盛大に赤面することになった。意外とホルモン関係など科学的な根拠が列挙されていたのには驚いた。

「そもそも宇津木とそういうのはマジでないから。さすがにその発想はマイでもキモイ」

「いやそこまで言うか!?　別にただの確認じゃん!?」

「もうこの話やめません!?」

少なくとも往来でする話ではない。太一は二人を強引にマンションの中へ押し込む。

……なんか疲れた。

片足が不自由な不破を支えつつエレベーターで上に上がっていく。

女子二人は相変わらず姦(かしま)しい。「てかサウナ行くならウチも誘えし」、「いや完全にマイのこと忘れてたわ」、「ひどっ！　ガッコでフォローしてやんねぇかんな！」などと、たった数十秒で一気に盛り上がる。

耳に響く騒音レベルの会話に心の耳を塞ぎ、エレベーターが目的の階層に到着する。

と、扉が開いたところで一人の女性が立っていた。

「――あ」

女性がこちらに気づくと声を漏らした。長くのばされた黒髪、厚く化粧を施しているが目元からは疲労の色が強く滲み出ていた。

「満天ちゃん」

「……ママ、なにしてんのこんなとこで？」

「え？　あの、不破さんのお母さんですか？」

太一は目の前の女性と不破を見比べた。言われてみればどことなく面影が見て取れる。

太一たちはエレベーターを降り、改めて不破の母親と対峙した。

「こんにちは。満天の母の燈子です。娘がいつもお世話になってます」

「あ、宇津木太一です。その、はじめまして」

「ああ、あなたが涼子さんの弟さんですね。この度は娘がご迷惑をおかけして……本当にごめんなさいね」

優し気な笑みを浮かべ、丁寧かつゆっくりとした口調で頭を下げる燈子。

不破の母親という話だが、見た感じの印象は苛烈な性格の不破とは全くの真逆。が、霧崎が前に言っていたような、可愛さ、に関してはよくわからなかった。なんとなく、綺麗な人だな、とは思ったが。

「で、何しに来たわけ？」

母親との仲があまり良くないのか、不破の表情は硬く声もどこかピリピリしている。

「娘を預かってもらう以上、ご挨拶はしなきゃいけないでしょ。それと、あなたの着替えとかを持ってきたのよ」

「あ、そう……じゃあもう用は済んだっしょ」

「はいはい。あまり宇津木さんの家にご迷惑をお掛けしないようにね」

「ウザ……それくらいわかってっから」

「全くこの子は……太一君、こんな娘ですが、どうかよろしくお願いします」

「は、はい」

「ああもういいだろうが！　ママもう仕事なんじゃないの!?　おい行くぞ宇津木！」

燈子の脇をすり抜けて、不破は太一たちの部屋に片足を引きずりながら急ぎ足で入っていく。

「あ、ちょっと不破さん！　急に動くと危ないですって！」

霧崎が「じゃ、またねキララママ」と軽く手を振って二人の後に続いた。

燈子は「ふぅ」と小さく息を吐いて、娘たちが消えた部屋を見送りながら苦笑する。

腕時計で時間を確認し、エレベーターを待つ傍ら、スマホを取り出すと彼女は、勤め先に「少し遅れます」と連絡を入れた。

その日の夜、不破は妙に口数少なく、黙々と一人ソファでコントローラーを弄っていた。

◆

翌日。太一は担任の倉島から呼び出しを受けていた。相変わらずの無精ひげにやる気のない表情だ。呼び出された理由……昨日の学校をサボタージュした件……ではないようだ。通されたのは職員室ではなく人けのない視聴覚室である。

「まぁそう硬くなんなよ。適当に座れ」

一体何の用で呼び出されたのか。太一は戦々恐々としつつ、手近なところのパイプ椅子を引き出して腰を下ろした。

「お前、最近ずっと不破と一緒にいるだろ」

「え？　ああ、はい。そうです、ね」

唐突に切り出された話題に太一は首を傾げて曖昧に返した。

「いやな、別にお前がどこの誰と絡もうが俺はいいんだけどな。なんかお前、最近一気に痩せただろ？　他の教師から『大丈夫なんですか？』って聞かれまくってんだよ。俺が」

「は、はぁ……」

『大丈夫』とは、具体的になにを指して『大丈夫』なのか？

倉島が浮かべているのは普段の仏頂面ではない、にやけ面だ。まるでこの事態を面白がっているような……どうもこの教師はいまいち掴みどころが分かり辛い。或いは、太一と不破という異色の組み合わせを物珍しがっているのか。

しかし彼はどこか探るような目つきで太一を見据えてくると、

「お前が不破からいじめられてんじゃねぇのか、って噂が立ってんだよ」

「え？　いじめ、ですか？」

唐突に切り出された担任からの『いじめ』というキーワードに、太一は首を捻る。

「オレ、いじめられてるんですか？」

「いや、それを俺に訊くなっての……」

ことの発端は、各授業を担当する教師陣が太一の急激な体形の変化、及び不破と行動を常に共にしているという状況を耳にしたことである。

問題行動の多い不破と、目立たず大人しい生徒。普通なら接触することのない二人組。

しかし例の五月にあった不破が教室で衆人環視の中でこき下ろされるという事件。カーストトップ同士が衝突するという緊迫した現場……そんな中、矢井田が不破を揶揄した言葉に思わず吹き出してしまった太一。

結果、彼は不破に校舎裏へ連行されてしまったわけだ。

総合的に見て、太一がいじめを受けていると教師たちは判断し、問題になる前にまずは本人に確認しようとこうして呼び出したわけなのだが……

その肝心の太一が首を傾げている状況に倉島は苦笑するしかない。

「正直な、俺としてはあいつがそこまでするか、てのは微妙なところなんだよ。まぁ校則はガン無視するし喧嘩っ早いとこはあるけどな……でもなぁ、コソコソ隠れてねちっこく嫌がらせする、ってキャラでもないだろあいつ？　だから実際どうなのか、お前に訊いてみようってわけなのよ」

「あぁ、なるほど……う～ん……どうなんでしょう？」

言われて太一は自分の状況を思い返す。

強制的に不破のダイエットに付き合わされて、最初のころはパシリのようにこき使われて、自宅に押し掛けてきた挙句に通いつめるようになって、色んな場所に連れまわされて（半分は太一の自業自得）、毎日のようにからかわれたり……

……アレ、こうして考えると、オレってやっぱりいじめられてる？

客観的に見れば太一の置かれている状況はいじめ以外の何物でもないような気も……

が、太一は担任に指摘されてなお、自分がいじめられているという実感が湧かない。

確かに不破との関係は太一にとってはストレスである。それは間違いない。だからこそ、彼は不破のダイエットを成功させ、関係を断ち切るための努力をしているのだから。

「まぁ、別にいじめられてないってんなら、それでいいんだけどな俺は」

「……取り敢えず、なんかあったら相談くらいには乗ってやっから。つかマジで問題起きる前に言えよ？　今はちょっとしたことでメチャクチャクレームくんだからよ」

「あ、ありがとう、ございます？」

なんとも言えない雰囲気のまま、その場は解散となった。

視聴覚室を後にする太一を見送った倉島は、「さ〜て、教頭や他の教師連中になんて言ってごまかしたもんかねぇ」とひとりごちた。

倉島と別れた太一は「う〜ん」と唸りながら教室を目指す。

「ね、ねぇ、宇津木君」

「？」

背後から声を掛けられ振り返る。そこには二人の女生徒の姿があった。彼女たちは太一と顔を合わせるなり頬を引くつかせたが、なんとか表情を取り繕う。

「えっと、田城さんに、斎藤さん？」

二人の顔には見覚えがあった。話したことはほぼないが、二人ともクラスメイトだ。

「あのさ、最近、ずっと不破さんと一緒にいるけど、大丈夫？」

「そうそう。あの子ってホラ……けっこうアレじゃん？　キツイっていうかさ……」

「だから、もし宇津木君が不破さんからその、いじめ、とかされてるなら、ちゃんと先生に言った方がいいかなって思って」

聞くところによれば、彼女たちが教師に不破が矢井田とひと悶着あったという話をばら撒いたようだ。それと併せて、太一と不破がここ一ヶ月以上行動を共にしていることも。

「不破さんって、かなり自分中心っていうか、そういうとこあるじゃん？」

「うん。なんでも自分の思い通りじゃないと気が済まないって感じ」

「そうそう。それでなんか見下してくる感じ。だからさ、不破さんが太って勝手に自爆した時は結構スカッとしたんだよね」

「それね。でもそれで、宇津木君が不破さんの標的になっちゃったみたいだし」

「全部自分のせいじゃん、って感じなのにさぁ、それを他の人に八つ当たりとか、さすがにないわ～、っていうか」

女子二人の、太一を心配するような流れから始まった不破の陰口。確かに不破の傍若無人な振る舞いは擁護のしようがない。彼女の目立つ行動は教師からの受けも悪く、太一自身も彼女にはいつも振り回されている口だ。

故に、彼女たちの言葉には同調する部分があるのだが……

……なんか、気持ち悪い。

太一は、自分をダシにして不破を貶めてやりたいという彼女たちの思惑が見え隠れしているようで、胃の奥がむかつくような嫌悪感を覚えてしまった。

別に、不破への同情心があるわけじゃない。彼女の評価は彼女自身に責任があり、太一がとやかく言うことではない。

が、彼女の、それも悪い部分だけをこれでもかとピックアップして捲し立てる二人のことを、太一は好きになれそうにはなかった。

「あ、ありがとうございます。でも、オレは大丈夫ですから」

「ほんとに？　なんか無理してない？」

「いえ、本当に大丈夫ですので。あ、ありがとうございます。気に掛けてもらって」

「ううん。全然だよ。だって、私たち同じクラスじゃない」

「そう、だね」

これまでまったく絡んでも来なかったというのに……まるで共通の敵を得た仲間のように振舞われ、太一はいよいよ、その場にいることに苦痛を覚えた。

「そ、それじゃ……オレ、少し用事があるから」

「あ、そうなんだ。ごめんね呼び止めちゃって。またね」

「は、はい。また」

太一は速足にその場を去る。自分の胸の内でぐるぐるとわだかまる、この不可解な気持ち悪さを払いのけるように……

わけのわからない憤りに苛まれながら、太一は教室へと戻ってきた。ふと視線が一か所に吸い込まれる。そこには、霧崎と談笑する、いつもと変わらない不破の姿があった。

◆

不破が宇津木家に居候し始めてから既に三日目。

学校では霧崎にもフォローしてもらいつつ、不破の宇津木家での生活は太一の予想に反して比較的穏やかに過ぎて行った。

が、ここで間違えてはいけないのは『比較的』としっかりつくところである。

いかに足首に故障を抱えていようが不破は不破。しかも霧崎と知り合ってからというもの、彼女も毎日のように宇津木家に突撃してくる有様だ。

自宅だというのにまるで心休まる気配がない。メンタルへのスリップダメージも大概にしてほしいものである。

「だっはぁっ!?　きっつ～！　やっばいこれ！　想像以上に鬼きちぃ！」

学校終わりの放課後。例のフィットネスゲームをプレイしているのは霧崎である。彼女は脚を大きく投げ出すようにヨガマットの上で座り込む。額からは汗が染み出し、制服のシャツも汗塗れで色々と透けてしまいそうである。

「マイだらしねぇぞ～w。ほらまだステージ終わってねぇし走れ走れ～！」

「ちょ、いったんタイム……こんなキツイとか思わないじゃん普通。ゲームだよゲーム？　なんでこんな汗まみれなんウチ？」

「いやそういうゲームだから」

「うぇ～、やるんじゃなかった～……ウッディ、後でシャワー貸して～……マジで全身キモチ悪いんだけど～」

「は、はい……っと、はい。好きに使ってください。お風呂は入りますか？」

「できればよろ～」

霧崎からの要望に返事をする際、わざわざ言い直した太一。が、不破は太一にニヤリと意地の悪い笑みを浮かべ、

「宇津木～アウト～」

「ええ!?　今のもダメなんですか!?」

「口にした時点でダメに決まってんじゃん。それじゃデコピン一発ね」

不破は中指に力を込めて太一の額にデコピンをお見舞いした。「いった～！」と額を押さえる太一、それを見てケタケタと笑う不破。

「お～い、二人してイチャついてんじゃね～。こちとらベッタベタのグロッキーだってのに～、良い身分だなちくしょ～」

「は？　アホ言うなし。これは教育だから、きょ・う・い・く」

「……」

太一は額を押さえて恨みがましい目線を不破に送った。

しかし彼女はどこ吹く風。どこか勝ち誇った様な笑みを見せて太一を挑発してくる。相変わらずの不破節に辟易しつつ、太一は浴室へと消えていった。

昨日。サウナで不破から太一の癖やら仕草やらを指摘されてからというもの、彼女はそれを矯正してやらんと言わんばかりにいらぬお節介……もとい一方的かつ攻撃的なスキンシップを図ってくる。

『一回ミスるごとに一回デコピンな』

などと、太一が言葉に詰まる、言い澱む、姿勢が悪くなるなどした時など、先程のように『アウト』の一言と共に体罰が下されるのだ。なんたる理不尽。早急な仕様変更が求められる案件だ。しかも判断基準が不破というのもまた理不尽極まりない。

威力はピリッとした痛みが走る程度だが何度もやられてはたまらない。太一は意識的に姿勢を正すことになり、口調にも気を遣う日々を送る羽目になっていた。

……あれかなぁ。自分がまともに運動できないからって八つ当たりしてるのかなぁ。

ここしばらくは不破の攻撃性も鳴りを潜めていたのだが、妙な絡み方をしてくるようになって太一としては溜息が出るばかり。

太一にとっての癒しはもはやトイレか風呂の二つしかないときた。不破がランニングできな

いというのに、なぜか毎日のように彼女は太一より早く起床しては彼を叩き起こし、

『せっかく痩せたんだしもったいねぇじゃん』

などと言いつつケツを叩き、或いは叩き出し、強制的にランニングの日課を継続させようとしてくる。ギャルはもっと適当な生活習慣を送っていると思ったのに、なぜこうも規則正しい生活を彼女から要求されているのだろう。

……でもなぁ。

確かに不破は理不尽だ。しかし彼女に要求されていることは見方さえ変えればある意味で太一のためになっている。だが、

「せめてもうちょっと優しくしてくれればなぁ」

結局はそこが問題の根幹である。

それに不破が太一をどうしたいのかもわからない。ただ適当な理由をつけてからかっているだけか、本当に八つ当たりでもしているのか、或いは何かもっと別の意図があるのか。

いずれにせよ、今の太一が思うことなど一つである。

——さっさとダイエット終わらせて彼女たちとの関係に終止符を打つ。

そうすれば、彼女がどんなことを考えていようが関係ない。

泡立てたスポンジを手に、太一は浴槽の汚れを力強く擦り落としていった。

◆

一方、太一が消えたリビングにて……

「はぁ～っ！　終わり～！　もう無理たてない～！」

霧崎はゲームを終え、マットの上で仰向けに倒れた。

「おつかれ～」

「あ～……もうマジで立ちたくな～い」

「分かる。アタシも最初はマジでキツかったし」

「簡単そうに見えたけどやってみるとやっぱ違うわ～。つかウッディ何気にすごいじゃん。これやってもほとんど息切れてなかったし」

「まぁなんやかんや一月はやってってしな。アタシも本気でダイエットしてなかったら速攻でやめてたかもだけど」

「だよねぇ。キララがここまで本気になるのってなんか久々じゃね」

「そりゃやっぱ見返してやりたいからじゃん？　矢井田とか、クラスの連中とかさ」

当時を思い出してか不破はクッションをボスボスと殴り始めた。

「でもさぁ、やっぱどんな理由があってもしんどいじゃん、ダイエットとかさ」

「そりゃ楽じゃねぇよ。なんつっても疲れるし」

「だよね……でもさ、こうしてちゃんと続いてるわけじゃん？　ケガしてもやれることやってるわけだし」

「まぁな」

不破は霧崎からリング状のコントローラーを受け取る。ソファに腰掛けたまま、不破は上半身だけに絞ったフィットネスメニューを選択してプレイし始めた。

「……キララさ、もちっとウッディのアタリ柔らかくしてやった方がいいんじゃない？　話きいてるとウッディもキララのダイエットに色々協力してるっぽいじゃん？　カラオケとか、昨日のサウナとか半身浴とか？　全部ウッディの提案なんしょ？」

「まぁ……そうだけど。てか急になに？」

経緯はどうあれ、太一が不破のダイエットに積極的に意見をまとめ行動している事は確かだ。それに宇津木家で世話になり食生活の改善にもかなり助けられている。食事に関しては涼子の存在が大きいものの、それだって太一との繋がりがあってこそだ。

「まぁなんていうかさ、ウッディもキララが大変な時に笑っちゃったみたいだけど。ここまでしたらそれも帳消しっしょさすがに」

「別に、もうそんな気にしてねぇし」

「だったらもう少し付き合い方変えた方がいいって。ウッディの性格的にたぶんキララの言い方とかかなり気にしてると思うよ？」

「だったらそう言えばいいじゃん。言ってこない方が悪くない？」

「まぁそうだけど……でもそこはほら？　『譲歩』？　的な感じでキララが折れるべきじゃない？　轢かれそうになった時だって助けられたんじゃん」

「……なに急に説教してきてんだよぉ。ウザいっての」

「そう言うと思った。でもキララ、『ありがとう』の一言も言ってないんじゃない？」

無言で顔を逸らす不破。確かに今日まで車にぶつかりそうなところを助けてもらった礼の一言も口にしていない。こういうのは機会を逃すと途端に言葉にできなくなるもんだ。

「いや、でも昨日のサウナんときにそれっぽいことしてやったし」

「え？　マジで？　なにしてあげたわけ？」

「まぁ、あいつの腕に抱き着いてみたりとか？」

「いやキララがウッディを支えにしただけじゃん」

「胸とか押し当ててやったし」

「それ絶対ウッディのことからかう感じにしかなんなかったでしょ」

「「……」」

お互いに無言の時間が流れた。

が、沈黙を霧崎が破る。

「はぁ……とりあえず無理にとは言わないけどさ、ダサいことにならないようにしなよ」

「うっせ。分かってるよ」

それっきり、不破はコントローラー片手にフィットネスに意識を逃避させる。

しばらくすると風呂の準備を済ませた太一がリビングに戻ってきた。

霧崎に風呂の準備ができたことを伝え、入れ替わりに不破と二人きりになる。

「……なぁ宇津木」

「はい、なんですか？」

「あんたってさ……」

妙な間が空き、太一は不破に視線を向けたまま続きを待つ。

と、彼女は少しムッとしたような表情を浮かべ、

「私服、かなりだっせぇよな」

「急になんの話ですか!?」

なぜここでいきなり太一の服装に関する話、というかダメ出しが飛び出してきたのか。

「黙って聞けや！」

「はい！　すみません！」

「ああ……まぁだからさ……」

ビクビクしつつ、太一は不破を刺激しないようにその場で直立不動になる。

不破は髪を掻いて「ああっ！」と声を上げると、

「アタシの足治ったら、あんたの服買いに行くから！　しばらく予定いれんなよ！」

「えぇ!?」

「返事！」

「はい！」

などと頬を赤くして太一を指さし、彼のスケジュールに強引に予定を突っ込んだ。

どうやら、どこぞのアホたれがいらぬイベントのフラグをおっ立てにきたようである。

不破の声はリビング全体へと響き更に貫通、浴室から話を聞いていた霧崎は、

「あ～あ、ダ～メだこりゃ」

と、呆れながら汗を流した。

◆

なぜかは知らないが不破からいきなり服のダメ出しをされた。

その結果がこれ――太一は駅ビルという名の人外魔境へと連行されてしまったわけだ。

道行く人も並ぶテナントも何もかもが輝かしい。まるで日陰者を寄せ付けまいとする神々しいまでのサムシングが太一の目を潰しにかかっているかのようだ。ふわりと拡がるリア充臭にはめまいさえ覚える。

「とりまどっから回る？」

不破が案内板を前に霧崎と店の相談を始めた。

「予算厳しいしＣＵでよくない？　それともユニトロでも行く？」

「どっちも似たり寄ったりだし適当に見て回ってそれっぽくコーデしてみればよくね？」

「じゃそれで。いつものショップは寄ってくの？」

「時間があればでいいんじゃゃん？　目的はこいつの服なんだし。あ、それと靴も適当に見に行くか」

「だね。じゃ、ウッディ。これからウチらの着せ替え人形ってことで、よろしく！」

……なんなんだこれは。

太一の内心に答えるなら、どこぞでありがちな陰キャコーディネート回である。もっとも、これがお気楽デートイベントなどでないことはお察しの通りである。或いは太一が女子二人のおもちゃにされる罰ゲームイベントと言い換えてもそう間違ってはいないはずだ。

もはや太一のメンタルポイントは真っ赤を通り越してゼロである。そこに死体蹴りを喰らっている気分だ。

◆

ギャル二人の背後、太一は辟易しながら昨日のことを思い出す——

太一の自宅での基本スタイルはTシャツにハーフパンツだ。外出するときでも穿き古したゆったりサイズのジーンズに襟がくたびれたシャツが基本装備である。色も黒や茶、紺などの暗色系のみ。

今日は不破が太一の家で世話になり始めて四日目の朝。

不破は太一の部屋に押し入り彼の持つ数少ない服を並べさせて盛大に溜息を零した。太一は部屋の主であるにも拘わらず、床に正座してビクビクと不破の様子をおっかなびっくり窺っている。

「だっさ……ていうか、ここまでいくとむしろ不潔」

登校前。自室で始まったファッションチェック。

ブルー、ネイビー、黒の三本のパンツ。黒、茶色、紺、グレーのシャツ。どれもくたびれ具合が目に付く。パンツは膝や裾周りが擦り切れて生地が薄くなりテカテカしている。シャツやTシャツも襟は形が崩れ、全体的に皺が目立っていた。

「あの～、なんで急にこんな……」

「うっさいちょっと黙ってて」

「すみません」

ピシャリと言葉を遮られて小さくなる太一。不破は考え込むように顎に手を当てていた。その立ち姿が妙に絵になる。

……はぁ、今度は一体何なんだろう。

急に『服がダサい』と指摘され、今朝になって『あんたの持っている服改めて確認するから』と部屋に突撃を仕掛けられた。

「ああ、やっぱダメ。どう組み合わせてもダサいイメージしか湧いてこないし。それ以前にこれ買ったのいつだよ？　もうほぼぜんぶ雑巾じゃん」

そこまで言うか、と思いつつ、太一は改めて拡げられた服を見渡す。

……確か、最後に服を買ったのって、一年前くらいだっけ。

中学を卒業した直後だったか。新生活を始める前に上下一式、パンツとシャツを一着ずつ買った記憶がある。

不破は眉間にしわを寄せて部屋を出ると、今度は玄関に視線を下ろして太一のこれまた黒いスニーカーを注視した。

こちらは服以上にボロボロで悪い意味で年代物感が出ている。

「……」

不破はもはや無言。腕を組み太一の部屋に戻ってくる。彼女は我が物顔で椅子に足を組んで腰掛けると、

「0点超えてマイナスだわ」

一方的に採点結果を発表してきた。理不尽だとは思うが、確かに目の前に展開された衣服は着る者の印象を全力で貶めることに特化した代物ばかり。人間他人の内面なんて実際どうでもいい。人は見た目が１００％なのである。

不破は太一の衣服を写真に撮ると霧崎に送信。

『なにこれ？
朝っぱらから廃棄物の写真送ってくんなし』

霧崎からの返信は容赦がなかった。

『いやこれ宇津木の私服』
『マッ!?』

恐れおののくアホ面イグアナのスタンプが一緒に送られてくる。

『正直前から着てる服ヤバいとは思ってたけど…
これはさすがにないわ…』

太一が見ていないのをいいことにボロクソの感想を送り合う二人。
当の本人はいつまでこのままでいればいいのかと首を縮めて待機中だ。

『やっぱ服一式買わせねぇとダメだわ・
なんか一緒にいるのがかなりヤバい感じしてきた
つうわけで、明日予定空けといて』
『別にいいけど…
てかウチいる?
二人でよくない?』

少し間が空き、

『二人きりで服買い行くとかない
付き合ってるわけでもねぇのに
つかあいつとカップルとかマジで無理』
『ああハイハイ

そういう感じね
それじゃとりまバイトもないし予定は空けとく』
『おう
じゃあ明日な』
『りょ』
と、霧崎から敬礼するイグアナのスタンプが送られてきたのを最後に、二人のやりとりは終わった……かと思ったら、
『でもさぁ
キララがカップル意識するとか
これはもしやウッディにもワンチャンあったりw』
『シネ』
不破はリアルゾンビのスタンプを送り付けてスマホをポケットに押し込んだ。
「おい宇津木！」
「はい！」

「明日！　服買いにいくから！　ぜってぇ予定入れんなよ！　入れたらぶっ飛ばす！」

「え？　それって、昨日言ってたヤツですか？　あれ本気だったんですね」

「そうだよ！　いちいち訊くなし鬱陶しい！」

「ええ……」

今回は輪をかけて理不尽に怒りをぶつけられている気がしないでもない太一であった。

◆

さて、時を戻して現在へ。

エスカレーターで駅ビルの上層を目指す三人。正面の女子二人が一階で展開されていた店内屋台の新作やら小物ショップの商品について談笑している。

相変わらず太一の存在は半分以上が蚊帳の外である。

不意に不破の足元に視線が落ちる。いまだに固定用のテーピングが痛々しい印象を抱かせるが、その実ほとんど完治している。あくまで念のため、といったところだ。

今日まで、間接的に怪我の原因に自分が関わっているという事実が、小心者の太一に常時罪悪感を抱かせた。しかしこれで太一としても一安心。

……また、一緒に走るのかな。

思わずそんなことを考えて、ふと自分が自然と彼女と一緒に走ることが当たり前のような思考に陥っていることに驚いた。

ここ一ヶ月ちょっとでできあがってしまった彼女とのランニングの習慣。それがいつの間にか太一にとっての当たり前になりつつあった。

ふと、太一はジャージに身を包む不破の姿を思い出す。最初はピチピチで見るに堪えなかったが、今ではそのシルエットも綺麗に収まり走る姿も様になっている。

ダイエットに真摯に取り組む姿は学校で見せる不真面目な印象とはかけ離れていて……そのひたむきさに思わずカッコいいと思ってしまう。なにかに熱中したことのない太一にとって、どこまでも一直線な彼女の姿は目を焼くほどに眩しく映った。

しかし、それをかすませるほどの自由奔放でこちらを振り回すのはやめていただきたいものである。遠心力で伸びるのはピザ生地かヨーヨーだけで充分だ。

人間一長一短というが彼女はあまりにも極端すぎる。良いところと悪いところが極端に目立ちすぎて太一にはまるで彼女が極彩色のように見えてしまう。

惹き付けられる、しかし目に痛い……そんな感じ。

駅ビルの三階は服飾関係のテナントが軒を連ねるエリアとなっている。

三人はエスカレーターを降りると正面に展開されている有名アパレルショップへと真っ直ぐに入って行く。ゲートから既に太一は場違い感に襲われて二の足を踏んでしまう。

「うし、んじゃ適当にトップスとパンツだけ見てくか」

「アウターとかはどうする？」

「いやこれから夏だし別によくね？　てか靴も、ってなったら今の手持ちだとキツイし」

「まぁ確かに予算的に厳しいよね」

この時点で不破と霧崎が何を言っているのか分からない。なぜこうも世の中、横文字ばかり発展していくのか。着実に欧米化が進む日本の明日は明か暗か。

基本的なアパレル用語にすら疑問符を浮かべるファッションビギナーの太一。

しかしこれで太一は自分の服は中学からずっと自分で買っている。

これは姉の涼子の、『社会に出た時に自分でまともに服くらい選べないとヤバいわよ』という発言に端を発している。

しかしこの男、着られれば基本的になんでもいい、のスタンスであり、なおかつ地元スーパーの衣類コーナーという、比較的店員との接触率が低く、ザ・オシャンティーな人種とも距離を取れる店で特に吟味することなく、ひっそり手早く隠密のように買い物を済ませるのだ……衣類専門店などもってのほか。陰キャコミュ障にとってのスタッフはエンカウントシンボル。当然ファッションセンスが磨かれるはずもなし。

せめてもの抵抗に「お母さんが買ってきてる」をギリギリ回避しているに過ぎない。

しかしそんな彼にも忖度なく切り口が非常に鋭い意見を口にしてくれる知人ができた。

前日、涼子に服を買いに行くと言った時など、

『追加予算よ。これでばっちり決めてきなさい』

と、親指立てた姉から一万円を手渡されたほどである。

「じゃあ下から決めてくか～。ウッディってどんな感じが好みってのある？」

「え？　ああ、いや……」

いきなり霧崎から話を振られて言葉に窮する太一。途端、

「はいアウト～。デコピン一発ね」

「それここでもやるんですか!?」

相変わらず不破からのチェックが入る太一。店の中で額に一発貰って軽く悶絶する。

「つかこいつにそもそも好みとか聞いても意味ないって。これだぞこれ」

と、不破は昨日撮影した太一の所持している服がほぼ全て写った写真をスマホに表示させる。くたびれて年代物化した衣類たち。さすがに霧崎も「ごめん」と苦笑いである。

やめてくれそういう反応が一番傷付くんだぞ。

「てかこいつに任せたら全身真っ黒コーデ確実じゃん」

「それはそれでアリだけど。そればっかかってのもね……せめてワンポイントほしいかな」

「つうわけで宇津木は試着室の前から動くなよ。アタシとマイで適当に服選んでくっから。文句ねぇな？」

「はい……ありません」

試着室前で制服の上着を脱がされて写真を撮られ、太一は居心地悪く二人の背中を見送ることになった。思わず周囲をキョロキョロと見まわしてしまう。田舎から出て来たお上りさんか、或いは明らかに挙動のおかしい変質者である。

近くを誰かが通り過ぎて行く度にギョッと震える太一。なんなら通り過ぎて行く相手すらもギョッとした末にそそくさと彼の前から消えていく。

他の客たちも試着室を使いたいのに眉間に皺を寄せる太一がそこにいるものだから近付くことに躊躇する。もはや太一の存在はそこにいるだけで営業妨害と化していた。

だが本人にそんな自覚はない。自分の三白眼がまさか他をこれほどまでに威圧するなどとはまるで思い至っていないのだ。これもまさしく、彼がこれまでボッチを貫いてきたがゆえの弊害と言えるのかもしれない。

はてさて、太一もスタッフも他の客たちにとっても非常に居心地悪い時間が過ぎること三〇分。想像以上に長いこと待たされた末にようやく不破と霧崎が戻って来た。

腕にはいくつもの服が掛かっておりかなりの量である。まるで腕の部分だけが十二単のような有様だった。

「おっまたせ〜！　いや〜ウッディになに着せるかけっこう迷っちゃってさ〜」

などと中途半端十二単の片割れ霧崎が重そうに腕を上げる。一体何着あるのやら。

「ひとまず適当に組み合わせてマシなヤツ買うって感じか。これ終わったら下降りて靴見に行くから」

テキパキと予定を組みたてる不破。まずはどれから着せるか、などと試着室の前で霧崎との談義が始まった。

「宇津木はガタイいいからなぁ……とりあえずでかめのTシャツに……ショートパンツ合わせてみっか。ほら、まずはこれ着てみ。サイズ合わなきゃ別のヤツもってくっから」

不破の示した服を彼女の腕から引き抜いて試着室へと入る。自分では選ぶことのない白のTシャツ。サイズは今の太一が着てもやや余裕のあるくらいにゆったりとしている。下はベージュのパンツ。ショート丈の物を自宅以外で穿くなど小学校以来記憶がない。

制服を脱いで袖を通す。新品特有のニオイがする服、着慣れないコーディネートに太一は気分が落ち着かない。

『どうだ～？　きつくねぇか～？』

「あ、はい！　大丈夫です！」

『軽く出来栄え確認したいからちょっと出てきて！』

霧崎に促されて多少の躊躇いと共に試着室のカーテンを開けた。

「どう、ですか？」

二人の視線が突き刺さる。あと周囲の客の「はよどっか行って！」な視線も乱舞する。

「悪くはねぇけど……」

「ちょっとウッディのイメージじゃないかなぁ」

「パンツだけ替えてみっか」

「じゃあこっちのストレートで」

今度は縦にラインが入った黒のパンツを手渡される。

すぐに中へ戻って着替える。ぱっとした見た目はタイトなイメージだが思ったよりゆとりがある。太一が痩せたのもあるが生地自体にも伸縮性があって穿き心地がいい。

「おっ、けっこういいんじゃん？」

「だね。これならアウター合わせればシーズン跨いで使える感じじゃん」

「とりま候補1ってことで、次はこっちのロンT合わせてみっか」

「あ、ウチこのベストいいなって思ったんだけどちょい着てみてよ」

「宇津木の体形だとやっぱテーパードがベターっぽいか？　靴下も色合わせてみっか」

「う～ん……オールブラックはちょっとウッディのイメージだと重すぎるから……無難に白のシャツでいってみる？」

「別に黒のシャツも中にさっきの白いロンT着れば良くね？　下は取り敢えずネイビーのテーパード合わせて靴下は好みで明るめの差し色入れてさ。てかアタシ的にはそっちの方がしっくりくんだけど」

「最初のスレート合わせるならジャケット一枚欲しいかも？」

「時季悪いだろ。暑くて着てらんねぇって。せめてさっきのカーディガンまでじゃん？」

「あそっか」

などなど、同じ服でも別のトップスとパンツの組み合わせを試し、太一はまるで早着替えのごとき勢いで色んな服の試着をすることになった。忙しいなんてもんじゃない。

……女子の買い物がめっちゃ長いって言われるわけが分かった気がする。

その後もサイズを替え品を替え、合計で三〇分……待ち時間も合わせれば一時間以上も服選びに付き合わされることになった。自分の着る服とはいえ既に息切れ気味である。

しかしこれで終わりではない。この後にはシューズの購入も控えているのだ。

……これ、いつ終わるんだろう。

女子二人からコーディネートされる太一。だが、意外にも派手な二人はその見た目に反し、かなりシンプルかつ見た目も落ち着いた印象の服を選んでいた。

Uネックの白いシャツ、同じ色のロンT、ネイビーのカーディガン。それと合わせのテーパードパンツ、イージーパンツを一本ずつ購入。

……なんか、けっこう普通？

イージーパンツはスーツのような縦のライン（センタープレス加工）が入ったものながら、ベルトを使用しないこともあり部屋着としても外出着としても使えそうだ。

が、これら一式と合わせて靴まで揃えるとなれば、若干だが予算が足りなくなりそうだ。

「たんねぇ分はアタシが出すから…………これでこないだの件はチャラな」

と、太一が何か言う前に、不破はさっさと代金を支払ってしまう。

「あ、ありがとうございま――いてっ！」

礼を言う太一に不破からのデコピンが飛んでくる。「なんで!?」と抗議の声を上げるも、不破は太一に振り向くことなく……

「…………次からはちゃんと自分で服くらい選べよ」

それだけ言って、さっさと店を後にしてしまう。

訳も分からず取り残される太一。すぐさま不破の後ろについていった霧崎は、

「素直に助けてくれたお礼って言えばいいのに……あてっ！」

「うっさい」

「いったー……なんでウチにまでデコピンすっかな～」

「マイがウザ絡みしてくっからだろうが」

「せきにんてんかしてるよこいつ～」

「もう一発いっとくか？」

「ちょっ!?　暴力反対なんですけど!?」

「うるっさい！　てか宇津木！　突っ立ってねぇで次行くぞ！」

「あ！　ちょっとっ、待ってくださいよ！」

駅ビルの中で騒ぐ女子二人。太一は両手に荷物を抱えて、彼女たちの後を慌てて追いかける。

そんな太一と不破の様子を見ていた霧崎は、口元に手を当てて笑いを堪えているようだった。

六月下旬――

月半ばに不破が足を負傷し、宇津木家で療養すること実に約一週間。本日は日曜日。

不破は足首の調子を確かめるようにリビングで足踏みをしたり片足立ちをしてみせる。

「うん、良い感じじゃないかしら。でも、まだ無理は禁物。明日もう一回病院で診てもらって、それで問題なければ運動を再開してもいいかもね」

涼子が不破の様子に満足そうに頷く。太一は少し離れた位置で二人のやりとりを観察。

「いやぁマジ、ほんと泊めてもらって感謝っすね。家で一人だったらアタシ多分不貞腐れてドカ食いしてたかもしんねぇす」

「それなら良かったわ。せっかく綺麗になってきたのにここでリバウンドしちゃったらもったいないもの」

「おだてても料理くらいしか出せないすよｗ」

「あら、それじゃ今日は満天ちゃんに昼食の準備、全部お願いしちゃおうかな？」

「問題ないすよ。つかなんなら夕飯もアタシ準備してもいいすよ？」

「それはダ～メ。お夕飯は満天ちゃんの快気祝いでちょっと豪勢にするんだから」

「おおっ！　りょうこんマジ最高！」

まだ油断はできないが足の怪我はほぼ完治したと見て問題なさそうだった。

「さて、今日は日曜日だけど……二人はなにか予定は入ってるのかしら？」

涼子が二人に問い掛ける。

しかし二人は顔を見合わせ「「特に」」と声を被らせる。そんな彼らの様子に「あら♪」と涼子は表情がニヤついた。

「そう。なら今日は満天ちゃん、一緒に午後から銭湯に行かない？　最近サウナに通ってるって言ってたし、私もととのえたいなぁ、って思ってたのよ。どうかしら？」

「お、いいすね。てか外でりょうこんとスーパー以外で絡むとか何気に初じゃん？」

「それじゃOKってことでいいかしら？」

「もち！」

「よかった。あ、それと太一」

唐突に涼子から呼ばれた。不破は「準備してくる～」と気も早く自分の荷物が置いてある涼子の部屋に走っていく。

「あんたさ、せっかく満天ちゃんたちにマシな服選んでもらったんだから、髪も一緒に整えて最低限のセットくらい覚えてきなさい」

「え？　なんで急に？」

「急じゃないでしょ。いつも髪の毛もっさ～って伸ばして。満天ちゃんが好きなんだったら、身だしなみくらい整えられないと今より嫌われちゃうわよ」

……まだその勘違い続いてたんだ。

涼子は太一が不破に恋をしていると思い込んでいる。弟がダイエットを始めたきっかけを一人で想像し、妄想が暴走列車状態のまま今日まできてしまったわけだ。

とはいえ今の太一にとって不破が小さくない影響を与えていることは間違いのない事実である。それが良いモノか悪いモノかは、いまだ本人にすらわかっていないのだが……

「お待たせ～、つっても午後からだけど……って、なに話してんの？」

「あ、満天ちゃん。ちょうどいいから、この際この愚弟を徹底的に魔改造してやろうと思ってね。ひとまず私の行ってる美容院にでも送り込んでやろうって思って」

「おお、面白そうじゃん！　でも宇津木髪型わかってんの～？　なんならアタシがどれが似合いそうか見てやろっか～？」

「ああ、それいいわね！　満天ちゃん、お願いしていい？」

「りょ！」

「ちょっと!?　オレの意見は!?」

「却下」

「あると思ってるの？」

……ひ、ひでぇ。

全力でぴえんしてやろうかこの二人。

実の姉が不破とタッグを組んで太一にダブルラリアットを決めにきやがった。

二人はリビングにノートPCを持ち込んでさっそく太一の髪型について談義し始めた。

今の髪の長さをそのまま生かすスタイルか、或いはバッサリと切ってしまうか。

しかし長髪はやぼったい上に重たい印象を与えるということで、無難にツーブロックにすることが決定。細かい髪型は美容師に相談することで決まったようだ。

だが、いずれも太一本人の意思がほぼ介入していないのは果たしていかがなものか。

涼子はさっそく行きつけの美容院に電話し予約を入れてしまった。

ハッキリ言って気が乗らない。あの如何にもオシャレという言葉を体現したかのような空間に突貫するなど、もはや自爆特攻を仕掛けに行く兵士のような精神的領域にでも突入しなければできるとは思えない。

「今月に渡したダイエット資金ってまだ残ってたわよね？」

「うん。五〇〇〇円くらいかな」

「それだけあればカットとシャンプーくらいは余裕ね。学割も利くし。でも、どんな髪型でもいいけど、ちゃんとセットの仕方、聞いてきなさいよ。私の方でも、あまり美容院に馴染みのない子ってことで、それとなくフォローしてもらえるように話しておいたから」

「りょうこん、ちょい宇津木に過保護すぎじゃね？」

「……私もそう思うわ……さぁ太一は出かける準備！　午後の二時に予約入れてもらったから。一昨日買ってきた服着ていけばそこまで浮いちゃう心配はないから胸張って！」

結局、お昼を食べてすぐ、太一は涼子になかば家から追い出されるように送り出された。

未知の領域にこれから足を踏み入れる緊張に思わず背中が丸まる。

『あんたさ、もうちょっと姿勢くらい治せって』

ふと、先日にサウナで不破から指摘された言葉を思い出す。

……なんでこんな時に。

あの時張り手を喰らった箇所がジンと痺れるような感覚に襲われる。太一は顔を上げ、お腹に少しだけ力を入れた。それだけで、心持ち視線が持ち上がった様な気がする。

カーブミラーに映った自分の姿が目に入る。

自信なんてない。持てるはずもない。小学生の頃からずっと、太一の内を満たすのは自身への劣等感だ。一朝一夕で消えてくれるような軽いシミではない。

本気で除去しようと思うなら、それこそヤスリで地肌ごと削り落とすような覚悟が必要だ。それは血を流すことと同義で、痛みを伴う。

「悪くない、のかな」

これまでの、どことなく疲れた印象の自分とは違う、新しい姿。

不破と霧崎が、太一の苦手とするギャルたちが、見つけ出してくれた形。

「……よし」

少しだけ、太一は痛みに立ち向かう覚悟を決める。たかが美容院に行くだけの、本当に微細な覚悟だ。緊張している。それでも太一は、足を止めずに、前に進む。

視線を鋭く正面に、肩で風を切って……いるように見える太一の姿に、近隣住民はビクッと震えて道の端に寄り、犬が吠える。

吠えられた拍子に思わず立ち止まってしまい、威嚇する愛らしいワンチャンと目が合う。

「(い、犬にメンチ切ってる……!?)」

その姿は、周囲から犬と睨み合っているかのように見えていた。

どこまでいっても、妙に締まらない太一である。

◆

太一が家を出たのと入れ替えに、

「それじゃ私たちもいきましょうか。こんな時間にお風呂入るなんて何年ぶりかしらねぇ」

「アタシはほとんど放課後とかにしか行かないから何気に初なんすよね」

トートバッグに必要な物一式を詰めていざ行かん、ご近所の銭湯へ――

歩いて十五分圏内。最近リフォームしたとかで外観も内装も比較的新しい。入り口の券売機で入浴券を購入。不破の快気祝いということで料金は涼子もちだ。

脱衣所。不破は羞恥なくぱぱっと服を脱ぎ捨てる。彼女の思い切りの良さを横目に涼子も籠の中に服を入れていく。

「う～ん……やっぱり満天ちゃんってスタイルいいわねぇ。身長も高いし、羨ましいわ」

不破の全身に上から下まで視線を滑らせる。一ヶ月前とは別人かと思うほどに絞られた体。顔も小さく頭身も高い。腰の位置が高く脚のラインが非常に美しい。さすがにモデル業のバイトをしていただけあるということだろう。

「って言いつつ、りょうこんってばアタシよりかなり胸でかいじゃないすか。なのに腰ほっそいし。服の上からでも相当だなぁとは思ってたすけど……これは想像以上だわ。同じ女としてはちょっと羨ましいすね」

「まぁね～……でも全体的にバランスわるいのよね、これ……そのくせちょっと隙見せるとすぐに視線だけは集めるし……」

「ああ、でもしかたないいんじゃないすか？　これは見ちゃいますって」

バスタオルで体を隠しつつ苦笑する涼子。昔からこの妙に発育のいい胸は彼女にとってのコンプレックスだ。

いらぬ関心を引き、同性からの羨む視線や妬み、或いは思春期男子の欲望が透ける視線を浴びて来た。着られる服にも制限が掛かりきちんと着こなさないと太って見える。そのくせ真面目に着こなすと胸が強調されるのだから最悪だ。

不破のように好意的な目で見てくれる女性ばかりではない。中には男に媚を売っていると陰口を叩く者もいる。

涼子にとって、この胸部にぶらさがる代物は邪魔な肉塊でしかなかった。

「私は満天ちゃんくらいの大きさがよかったわ」

同性から見ても、非常に綺麗なラインが描かれている。涼子からすれば、不破のスタイルの方がよほど羨ましい。

「まぁ胸の話はその辺にして。さっそくお風呂に行きましょ」

「うす。あ、その前に」

と、不破は籠の中のバッグから帽子のようなものを取り出した。

「なにそれ？」

「サウナハット。これしてるとサウナで髪が痛みにくいみたいすよ」

「へぇ、そんなものもあるのね。サウナなんてただ入るだけだと思ってたわ」

「あ、ならアタシが入り方教えるんで」

「そう？　なら、お願いしちゃおうかな」

体を洗い、湯船に浸かって体を温め、サウナに入る前に水気をふき取って——

「いざ、突入！」

不破がサウナの扉を勢いよく開ける。昼間ということもあってか人の姿はまばらだ。

「満天ちゃ～ん。扉は静かにあけようね～」

「ああ～……すんません」

先客に頭を下げ、タオルをお尻に敷いて端の方に二人で腰掛ける。

「りょうこん、これ、よければ使わない？」

不破は涼子にサウナハットを手渡す。

「いいの？　だって髪が痛まないようにするんでしょ？」

「別に一回くらいでどうにかなったりしないから大丈夫っすよ」

「そう？　ありがとう」

不破からサウナハットを借りて被る。心なしか頭部に当たる熱が遮断されて少しだけ楽になった気がする。

「あ～……あっつ～……」

「そうね～……私、一〇分も我慢できるかしら……」

「無理しなくていいすよ～」

などとやりとりしつつ、最終的に一〇分間サウナ室で我慢した二人。

「かはっ～！　もう無理～！」

「出たら汗流して水風呂ね」

サウナから飛び出す不破と涼子。全身汗まみれの二人はシャワーで全身を洗い流す。

そのまま流れるように水風呂へ。

「「～～～～～～～っ!!」」

キン、と身が締まるような冷たさに、二人は絞り出すような声と共に息を吐いてゆっくりと身を沈める。

「こ、これは相変わらず……なかなか、利くわね」

「っすね……マジで心臓とまりそ～」

しかし、しばらくするとジンジンと肌を刺す冷気が和らいでくる。水風呂に浸かること数十秒。二人は水風呂から出て露天エリアへ。並ぶビーチチェアに寝転がり、

「「はぁ～～……」」

極限状態で追い込まれた体を外気浴で休ませた。

「なんだかこのまま寝ちゃいそうね～」

「分かる～……この前、マジで危うく落ちるところだったすね～……」

限界まで温められ、限界まで冷やされた体が外の空気に触れて何とも言えない解放感を生む。

完全に顔を蕩けさせた二人。体が弛緩して心地良い。

「つか、りょうこんお風呂に入ってるときも水風呂んときも、その胸めっちゃ浮いてたし。あんなんアタシ初めて見たっすよ～」

「やだ、どこ見てるのよ。ていうか大人をからかわないの」

「えぇ～。アタシは素直にすげ～って思ったけど……やっぱでかいの羨ましいなぁ」

「そんなにいいもんじゃないってば」

タオルに包まれた胸を押さえる涼子。不破はそんな彼女の様子を横目に話題を変える。

「そんじゃ、ここで一五分休憩して、またさっきのサイクルでサウナ入るっすよ。さっきのと合わせて3セット！」

「は～い。いや～……ちゃんとしたサウナの入り方なんて初めてよ～。これは流行るの、分かる気がするわね～」

チェアの上で更に体から力を抜く涼子。

が……ふと、彼女は体を横にし、不破へと向き直る。

「ねぇ満天ちゃん、休憩の間、少しだけ訊いてもいいかしら？」

不意に涼子から振られた言葉に、不破も体を横向きにして対面する形をとる。

「なんすか？」

「うん……その、あの子……太一の学校での満天ちゃんの印象って、どうかしら？」

「ああ～……あいつ、すか……」

「ええ。できれば、素直な満天ちゃんの感想を教えてくれる？」

「う～ん……まぁ、暗いっすね、なんつっても。それに、言いたいことも言わないで、いつもオドオドしてるっていうか、自信なさすぎじゃね、って。りょうこんには悪いけど、見たまんまの陰キャ、って感じ」

「そう……やっぱり、そうなのよね……はぁ……」

涼子は深い溜息をつく。

不破はそれを見て少し慌てたように付け加える。

「あ、でも！　最近はちょいマシになってきたっていうか！　前よりは声も出てるし……つっても、なんか妙に自分に自信がない感じはずっとそのままって気はするけど。なにするにしてもオドオドしてて……そこだけはちょいウザいかな、って」

不破のハッキリした物言い。しかし彼女なりに言葉を選んでの太一の評価であると涼子は理解できた。

「そうよね。うん。私も、満天ちゃんと同意見。あの子は、ちょっと自分を卑下し過ぎるきらいがあるから」

涼子は仰向けになり、腕で目を隠し、隙間から空を仰ぎ見る。

「でも、あの子も昔は、ああじゃなかったのよ」

と、不意に太一の過去を、語り始めた――

◆

今では想像も難しいが、まだ幼かった宇津木太一は活発な性格だった。

少なくとも小学校低学年までは……

それがいつの間にか内向的な性格に転じ自宅に引きこもるようになってしまった。

「うちの親……ていうか母親か。あの人がよく私と太一を比べちゃってたのよ。たぶん無意識だったんじゃないかな。父親は基本的に仕事人間で、あんまり家族間のコミュニケーションがうまい方じゃなかったから、ほとんど不干渉だったし」

太一の小学校時代の能力は決して低くはなかった。むしろそれなりに上位にいた方だろう。ただ、涼子はそれに輪をかけて優秀だった。

歳に差のある姉弟。しかし二人の母親は能力の差を指摘しては太一に『もっと努力するように』と促した。『このままじゃお姉ちゃんみたいになれないわよ』とは母が太一を諭す際によく使った言葉だ。

幼かった太一は良くも悪くも純粋で、姉への憧れ、そして母の期待に応えるべく努力した。外で遊ぶ機会も減り自宅の机に向かう時間が増える。

……それでも、太一が当時の姉の成績を超えることはなかった。成績は悪くない。むしろ褒められてしかるべき成果を上げてきたと言ってもいいはずだ。

しかし、一度でも上を知ってしまった人間はそれより下をなかなか認められないものなのか……母が太一の努力を認めることはなかった。徐々に太一は自分への評価を下げていき、『自分はなにをやらせてもダメな奴』というレッテルを自分でぶら下げるようになってしまったのだ。

「それでも小学校の時はけっこう仲の良かった友達がいてね。その子と遊んでるときだけはまだ太一も楽しそうにしてたのよ。でも、太一が小学校五年生に上がった時だったかな。その子が転校しちゃって……それからかな。あの子が一気に自分の殻に閉じこもるようになっちゃったのは。私も、その時期は親の期待がすごすぎて、かなり荒れちゃってね。弟を気に掛けてる余裕もなくて……」

母の太一への期待が薄れ、それはそのまま全力で涼子へと向けられた。

当時で高校二年生。反抗期も手伝って親とは頻繁に衝突していた。あの時は学業そっちのけで遊びまわり、髪をいじったり制服を着崩したり、授業も日常的にボイコットしたりと相当にやんちゃしていた。

当然のことながら成績は下がった。それが元で親と大喧嘩。一時期は家を出て友人の家を転々としていたほどだ。

そんなある日のことだ。

「着替えとか取りに私が家にこっそり戻ってくると、平日の日中なのに太一が家にいてね……無視して出て行ってもよかったんだけど、その時のあの子の顔がもう死人みたいで、つい『どうしたの?』って声を掛けちゃったのよ……そしたらあの子――」

『お姉ちゃん……僕がいなくなったら、みんな幸せになるかな……?』

「……って、真っ黒な目でそう言ったの。自分がダメな奴だから家族が喧嘩してるって、本気で思ってたみたい」

ぞっとした。後から分かったことだが、友人の転校を機に太一は不登校になっていたのだ。少し前まではなんにでも一生懸命で、少し騒がしいくらいに思っていた弟が、膝を抱え、姉のことを虚ろな目で見上げて来た。

「そんなわけで、さすがに見過ごせなくなっちゃってね。家に戻って来たのよ。まぁ親とはしこたま喧嘩した挙句、かなり関係は悪くなっちゃったけど」

「なんか、思ってたよりギクシャクしてたんすね。りょうこんのとこ」

「まぁね。でも今は父さんの海外出張にお母さんもついて行ってくれたから、おかげで気分はかなり楽かな。で、なんとか弟を半年くらいでやりこめて、六年生になる前に学校には行かせたのよ。でもそれからは、誰とも関りを持たないまま、中学校からは暴飲暴食を繰り返して、この前までのおデブなあの子のできあがりってわけ」

家にひきこもってゲーム三昧。太一の周りで涼子だけが唯一の拠り所だったのだ。

ただ、それも太一にとっては茨の紐を握っているようなものだった。

姉は太一の道標であり、同時に劣等感を刺激し続ける存在。それは涼子も理解しつつ、太一の傍にい続けた。親は期待できない。だったら自分があの子の近くにいるしかない。

「りょうこんって、けっこうブラコンすね」

「そうよね～……でも、ちっちゃい時に『お姉ちゃん、お姉ちゃん』ってついてこられたらねぇ……あの時は可愛かったのよ、ほんとに」

「う～ん」

なんとも微妙な表情の不破。尊敬し始めていた相手の意外なマイナスポイント。

返ってきた反応に涼子は苦笑した。

「別に、だからってわけじゃないんだけど……あの子のこと、あんまり嫌わないであげてくれると嬉しいかな。必要以上に仲良くはしなくてもいいから。適当にあの子に絡んであげて。多分、満天ちゃんくらいグイグイ行くタイプの方が、あの子にはちょうどいいのよ」

「……まぁ、あいつにもそれなりに世話んなったとこはありますし、それくらいなら」

「ありがと。満天ちゃん、なんやかんや面倒見良さそうだもんね」

「はぁ!?　そんなことないから！　面倒なのとかマジで無理！　今回は……えと、りょうこんとかに、色々と世話んなったからってだけで」

少し顔を赤くして否定する不破の姿に、涼子は思わず笑みがこぼれる。不真面目そうで、軽

薄そうに見えても、根っこの部分は、きっと優しい少女なのだ。

「なに笑ってんすか！　ああ、もう！　次のサウナ、アタシ先に入ってるから！」

「ふふ……」

荒っぽい足取りで露天エリアを後にする不破。彼女の後ろ姿に思わず涼子は口に手を当てて笑みをこぼし、続いてサウナへと向かった。

が、まるで当て付けのように、二度目のサウナは一五分きっかり付き合わされる羽目になり、涼子は危うく目を回すところであったという。

……あまりからかいすぎちゃダメね、この子は。

汗だくで外に飛び出しながら、涼子は少しだけ反省した。

◆

そして、その頃の太一はと言えば、

「……（ウロウロ）」

美容院入り口前の通りを行ったり来たりを繰り返していた。道行く人々も眼光鋭く（緊張で目つきが悪くなっているだけ）店を睨みつける彼を避けて通り過ぎて行く。

一昨日の駅ビルに続いて、目の前の美容院もまた妙なオーラに覆われているかのようだ。

日陰を歩く自分のような人間では、あの扉に触れるだけで肌を焼かれるに違いない。

「あの〜……どうかしましたか……？」

「っ!?」

と、いつまでもウジウジしていた所に中から美容院のスタッフと思しき女性スタッフが顔を覗かせた。太一の顔面に彼女の顔面が引きつっている。

「その、予約をしてまして」

「え？　あっ！　そ、そうでしたか！　お、お名前は……」

「あ、と……宇津木、です。宇津木太一」

「か、確認してきます！　あ、中でお待ちください！」

スタッフに促され、オーラ全開の扉を潜り抜ける。途端にふわりと香る整髪料やシャンプー特有の香り。店内は外などよりも遥かに太一に場違い感を与えてくる。

待合スペースでファッション誌に目を落とす他の客たちの堂々とした振る舞い。いずれも髪型や着ている服装にも『気を遣ってます』という言外の圧が感じられる。

太一は思わず自分の髪の毛に触れる。最低限くしで寝ぐせくらいは直してきたがそれ以外のセットなどはまるでしていない無造作ヘアだ。場違い感に肩身が狭い。

「お、お待たせしました。一四時でご予約の宇津木様、ですね。こ、こちらへどうぞ」

「は、はい！」

思わず大きな声が出てしまい周囲の注目を集めてしまった。

通された椅子に腰かけると、口元に柔らかい笑みを湛えた男性スタッフが現れる。

「こんにちは。涼子さんの弟さんなんだってね。カットとシャンプーだけって聞いてますけど、それで大丈夫ですか？」

「は、はい。お願いします」

「髪型はなにか希望はありますか？」

「えと、その……髪型とか、よく分からなくて……」

「それじゃ雑誌を持ってきますから、どんな髪型がいいか一緒に選びましょうか」

どうやら彼は涼子とは顔見知りらしい。彼女のカットはいつも彼が担当しているそうだ。

涼子の弟というバイアスがかかっているおかげか、太一の顔を見ても平然としている。

「う～ん。なるほど。確かに目元とか涼子さんに似てるね。でもけっこう全体的にがっしりした印象だから、ロングよりはショートとか……例えばこれなんかどうですか？」

雑誌を見ながら髪型を決めていく。しかし太一にとってはどれがどれだか見分けがほとんどつかない。髪の長さが同じものなど、もうなにがどう違うのかまるで判別不能だ。

が、いつまでも迷ってはいられない。

「えと、これはどうですか？　オレでも、似合うと、思いますか？」

「ええと。ああ、アップパングですね。ボクは太一君に似合うと思いますよ」

「そ、それじゃ、これで。あ、あと、どういう風にセットするのかも……」

「やり方ですね。それじゃ、カットしてシャンプーしたあとに、形を作りながら説明していく、ってことで」

「お願いします」

そして、いよいよ人生で初となる、太一の美容院でのカットは始まった。

無造作に伸ばされていた髪がバッサリとカットされていく。これまで髪に隠れていた輪郭が徐々に浮き上がってきた。肩を緊張で固めつつ、太一はカットの間に振られる世間話にたどたどしく答えながら、髪を整えてもらっていき……

——そんなこんなで、カットを終えての帰り道。

……なんか、それなりに話せた気がする。

カットやセットの最中。普段の太一からすれば、初対面の相手に随分と会話を繋げられた方である。もっとも、相手はプロの美容師。会話スキルがそもそも高いこともあるが、やはり普段から不破というコミュニケーションの劇薬に触れて来たことが、大なり小なり太一に影響を与えた結果であることは間違いない。

太一の中で、美容院イコール恐怖という図式は崩れつつあった。

帰宅途中。家を出た時と同じようにカーブミラーで自分の姿を確認する。

「いい感じ、ってことなのかな?」

不破がいたら『調子乗り過ぎ』と一蹴されただろうか。或いは、もっと違う言葉が聞けるのだろうか。

「っ……!?」

彼女からの評価を期待した自分に驚き、太一は頭を振った。

「帰ろ」

うぬぼれるな、と自分に言い聞かせる。期待がどれだけ自分を惨めにするか、それを太一はよく知っている。

だからこそ、太一はなににも期待しない。相手にも……自分自身にも。

それでも、もしかしたら……

「ただいま」

玄関を開ける。靴が二足。涼子と、不破のもの。それと、もう一足。最近になって宇津木家に出入りするようになった霧崎のものだ。二人とも既に帰宅していたらしい。

そこになぜ霧崎が合流しているのかは謎だが、大方暇を持て余して遊びに来たといったところか。心臓がドクドクと脈打つ。リビングからは楽しそうな会話が聞こえていた。

どんな反応が返ってくるか。リビングの扉を、意を決して開け放つ。

「ただいま」

「おかえりなさい。あら」

「はろ～。お邪魔してるよウッディ……おっ」

涼子と霧崎が最初に太一に視線を向ける。途端に二人は声を漏らし、それに少し遅れて不破が太一を見遣った。

「へぇ……」

不破と一瞬、目が合う。太一はすぐに目線を外した。思ったより薄いリアクション。太一は胃がキュッと締まるような息苦しさを覚え……

……や、やっぱり……こういう髪型は、オレには似合わな――

「なかなかいいじゃん。少なくとも前よりは何倍もマシって感じ」

「だよね！　へぇ、ウッディ髪切ったんだ～。うん、そっちの方が何倍もいいって。前のはさすがに陰キャ丸出しだったしねw」

「思ってたより悪くないわね。でも、それをちゃんと今後も継続できなきゃダメよ」

「あ……だ、大丈夫。ちゃんと聞いてきたから」

と、太一は想像していたよりも前向きな感想を頂戴し、思わず呆(ほう)けた返事をしてしまう。

が、当然それは不破には目ざとく見つけられるわけで、

「はい宇津木～、アウト～」

「えぇ!?」

「それじゃ、デコピン一発ね」

「ちょっ、まっ」

「ていっ！」

「いった!?」

髪を上げて丸見えになった額に、不破の指が炸裂する。涼子のいる前でもお構いなし。

「カッコばっかじゃなくて、中身もカッコつけてけよ、宇津木♪」

などと、不破はデコピンを空打ちしながら、妙に良い笑顔を太一に向けた。

◆

太一が髪を切った翌日。

週末を経て学校に現れた太一の姿に教室は一瞬静まり返ることになる。

これまで適当に伸ばされていた髪はバッサリと短くカットされ、悪い意味で無造作だった髪型はきちんとセットされている。

今までのイメージと全くことなる太一の姿。

極めつけは、これまで日陰者だった彼の顔つきの変化。髪型と相まって凶悪さマシマシ。

クラス全員が彼に注目、気になる、彼の変化が。しかしその強面（こわもて）のせいで声を掛けるのを足踏みさせる。加えて、彼の隣を歩く不破も五月と比べて明らかに体形が元に戻っていることは誰の目にも明らかであった。

しかし、強面化した太一がセットでくっついているせいで、やはり声を掛けづらい。

太一が視線を感じて教室を見渡せば、ほとんどの生徒が顔を背ける。男子カースト上位の西住たちはもちろん、あの矢井田たちでさえ、今の二人に関わろうとしないほどだ。

当然、担任や各教科担当の教師たちも太一の変化には目を丸くした。

ここにきて、学校での太一と不破の関係性に改めてこんな噂が立つこととなったのは必然的な流れであっただろう。

不破と太一は、付き合っている――

かつて面白半分に囁かれていたカップル説。しかし今では信憑性が高いと言わんばかりに勢力を拡大させていき、いじめられているという話は鳴りを潜める結果となった。

◆

――さて、ここまでが学校での、本人たちにはあずかり知らぬところで起きていた出来事である。そんなことより、もっと重要なことが彼等にはあった。

まず一つ。不破の足の怪我の状態について。こちらは問題なく治り切っていた。医者からのお墨付きである。これからは改めて運動のために走り回ることが可能となる。

そしてもう一つ……学校から宇津木家に帰ってきた不破。彼女は珍しく神妙な面持ちで脱衣所に置かれた体重計を前に眉を寄せる。

五月の初め。クラスの笑いものにされたあの日から一ヶ月と半月。

五月に撮った『太っていた』時の写真と、今の自分とを比べればその変化は一目瞭然。

不破は着ていた制服を脱いで下着姿となる。わざわざ今日という節目に着るために買ったものだ。身軽になった状態で体重計に足をかける。

不破の身長は現在１７３センチ。かつての体重（健康診断時）は正確には54・6キロだった。増加後の体重は65・8キロ……果たして、現在の不破の体重は――

なんとなく呼吸を止めて体重計に乗る。デジタル表記のディスプレイにはすぐさま彼女の現在の体重が表示された。そこには――

「『56・4』……よっしゃ！」

確かな成果の証が刻まれていた。

引き締まった体が以前よりもより彼女のボディラインを美しく見せている。心なしかバストラインやヒップラインも上に持ち上がり、体にもメリハリが出たように思える。胸筋、大殿筋が発達した証だろう。

「９キロ落ちた！」

不破は下着姿のまま、リビングでパーティーゲームをプレイ中の太一と霧崎の下へと走り、と、溌溂とした笑顔で報告した。正確には9．4キロ減である。

「ちょっ!?」

「おおっ！　やったじゃんキララ！」

「おう！　これはもうほぼ完全勝利っしょ！」

キャイキャイと太一そっちのけではしゃぐ不破と霧崎。霧崎はソファから不破に駆け寄ってお腹を撫でたり二の腕に触れたりと興奮状態（変態的な意味ではない）である。

しかし不破も「くっすぐってぇよ」とまんざらでもなさそうだ。実に楽しそうで結構なことである。だが、

「分かりましたから服を着て下さい！」

「ん？　ああダイジョブダイジョブ。別にこれ見せてもいい下着（やつ）だから」

「見せてもいい下着（やつ）!?」

なんだその新概念は？　不破がダイエットを成功させたこと以前に太一の関心はむしろ彼女の着用した下着へと向いてしまう。普通下着とは衣服の下に隠すものではないのか？

だが不破の堂々とした立ち居振る舞いを前にしては、そういうものもあるのかと納得せざるを得ない。あとでググっておこう。

しかしながら太一にとっては見せていいかダメかなどそもそも関係ない。どっちも視界に入れば恥ずかしい代物である。

「ちょっと宇津木、あんた顔真っ赤じゃんｗ。こんなんこないだの水着とそう変わんねぇじゃんよｗ」

「まぁまぁキララ、さすがにウッディには刺激が強いってｗ。ダイエット成功は分かったから、さっさと服着てあげなって」

「ええ～、それはさすがにつまんないっしょ～」

などと言いながら、不破はソファで顔面トマト状態の太一に近付いていく。その表情は完全にいたずらを思い付いた悪ガキのソレだ。

「おりゃ」

「～～～～～～～っっ！？！？！？」

太一の背面に立つと、そのまま後ろから太一の背中へソファ越しに抱き着いた。太一はガチンと完全硬直。某ポケットなモンスターの技のごとく身じろぎ一つしない。やわらかい、なんかしっとりしてる、妙に良い匂いがしてくる、ここはきっと死後の世界か。現在太一の脳内は宇宙猫が盛大に乱舞中である。

「あちゃ～……キララ～、それはさすがにやり過ぎ～」

「ええ～、別にいいじゃん。なんかこいつ、いちいち反応がでかくて面白いしｗ」

「いやいや……反応以前にウッディ見てみなって」

「あん？　……お」

不破は太一を解放し、彼の正面に回り込む。すると、

「しんでる……っ！」

太一は瞬き一つすることなく、目を完全に見開いたまま意識を彼方にぶっ飛ばしていた。

◆

その日の夜。宇津木家では不破が無事にダイエットを成功させたお祝いということで、妙にテンションの上がった女性陣によりかなり豪勢な食事が用意された。

メンバーはここ最近固定の不破、霧崎、涼子、太一の四人。

豪勢とはいえ、テーブルに並ぶ献立は基本的にヘルシーメニューだ。

普段であれば太一はこの空気に居心地悪そうにしているのだが、今日は少し違った。

……やった！　ようやく不破さんのダイエットが終わった！　これでようやく！

不破との関係が解消される。

怒鳴られたりたまに蹴られたり、安息の地であった自宅にもいつの間にか不破は侵食し、あ

「おめでとうございます、不破さん」

「「いえ〜い!!」」

「ダイエット達成！　おめでと〜！」

ろうことかそこに霧崎まで加わってバカ騒ぎの日々……

太一に心休まる時はなく、常に不破の様子を窺って緊張する毎日。

……でも、それももう終わり！

ダイエットさえ成功させてしまえば、もう不破は太一に用はないはず。

終わってみれば呆気ない。不破は見事なプロポーションを取り戻し、副次的に太一も外見が盛大に改造された。

過ぎ去ってみれば、辛かった日々も既に遠い過去。笑い話の類にエヴォリューション。

不破の怪我も無事完治。今日という日さえ終われば、また悠々自適な生活が戻ってくる。

完全に、勝った……っ！　不破でなくとも、太一はこの状況に勝利を確信した。明日という日が待ち遠しい。今日はゆっくりと眠ることが出来そうだ。

気分は既に夏休み前か修学旅行を前にした生徒のような浮かれ具合。今日ばかりは太一もテンションが上がる。風呂では鼻歌が弾み、ここしばらくの生活で定着したソファという寝心地微妙な簡易ベッドの上でもロマンティックが大暴走。

さぁこい明日！　心の準備はできている！　いざ行かん、自由の向こう側へ！

――翌日。学校を終えた放課後。

「――あの、なんでまだうちに来てるんですか？」

「「は（え）？」」

宇津木家リビング。そこには前日と同様、変わらずソファに座す不破と霧崎の姿が。

「なんで、って言われても……ねぇ、キララ」

「うん。意味わかんねぇし。てか、さっさと今日のプレイやっちまおうぜ！」

「おっしゃ！　今日はミニゲーム新記録出しちゃる！」

「マイめっちゃやる気じゃんw。あ、宇津木。今日までは大事取ったけど、明日からまた走っからよろ」

ゲームの音楽が盛大に垂れ流されるリビングで、太一は顔を覆って天を仰いだ。

「………OH～」

これは、まさしく「やったか」と思った瞬間にまだ戦闘が継続されるという、アレで間違いなかった。

◆

一体いつから、ダイエットが成功したら不破との関係が解消されると勘違いしていた？

……なぜ？

疑問だけが太一の脳内を支配する。脳内メーカーを使ったら面白い結果が得られそうだ。

そもそもダイエットさえ成功させれば不破にとって自分など用済みではないのか。

だというのに……

「はぁ～、つっかれた～……ウッディ、悪いけどシャワー借りるわ～」

「っしゃ！　んじゃ次はアタシだな。宇津木、とりま飲みもん用意しといて。冷蔵庫にアタシが買っておいたヤツ入ってっから」

「はい……わかりました」

カウンタータイプのキッチンへ入り冷蔵庫から経口補水液のペットボトルを二本持っていく。太一はソファに腰掛けて不破がフィットネスを終えるのを待った。体が自然と順番待ちの態勢に入ってしまう。今の状態は果たして彼女たちの単なる気まぐれなのか。それとも……

……ちょっと、様子を見てみるしかないかな。

習慣化した日常。ダイエットを成功させたからといって、約一ヶ月も続いた生活が元に戻るということも難しい話と言えばそうなのかもしれない。

とはいえ不破が宇津木家に居候していたのは昨日までの話。今日からはそれぞれの生活に戻っていく。少しずつ会う機会も減っていけばこの関係性は自然消滅するはずだ。

なにせ、太一と不破では感性が違いすぎて、互いにいるだけでストレスになる、はずなんだから……

が、そんな太一の考えはあっさりと裏切られることになる。

一日、二日、三日……そしていよいよ、六月も末……あと数日で七月に突入する段階になっても、不破との関係性はこれまでとなんら変わることはなく……

　おはようはランニングからおやすみはフィットネス後のシャワー&夕飯まで……時折そこに霧崎も交じって夜まで適当に駄弁っていくというプラスαもオプションして、太一の生活から不破たちの影が消滅していく気配はいまだ確認できなかった。

　陰キャに陽キャのリア充っぷりが過剰摂取（オーバードーズ）されていく。だれかキャ○ジンを持ってきてくれ。このままだと胃もたれしすぎて心肺が停止してしまう。

　そして、六月二十七日の月曜日……その日も、不破と霧崎は太一の家を訪れ、

「ねぇねぇ！　ウチ新しい体動かす系のゲーム買ってきたんだ！　皆でやってみよ！」

　そう切り出したのは霧崎だ。手には体感型スポーツゲームのパッケージ。

「マイそのゲームのハード持ってないのに買ったん？」

「だって別にウッディんちでプレイすればいいじゃん？　どうせウチらの家じゃどっちもゲームなんてできないわけだし」

「まぁ確かに」

　聞くところによると、不破の家はアパートで激しい動きのあるゲームは騒音問題の関係もあってプレイできないそうだ。霧崎の家は戸建てだがゲームの類に対して親があまりいい顔をしないという。

「んじゃさっそくやってみよっか！」

勝手知ったるなんとやら。霧崎はさっそくソフトを本体に挿し込んだ。もはや太一の意思もガン無視の悪行。

しかし子供のようにワクワクと純粋に目を輝かせる霧崎の姿に何も言う事などできない。

プレイ用のコントローラーは二個。しかし霧崎は用意周到に「じゃーん！　ウチ専用のコントローラー！」とピンクとミドリのカラーリングが施されたコントローラーまで持参してきた。

「いやぁバイト代吹っ飛んだ！　ぴえん！」

むしろ太一の方がぴえんである。これは完全にこれからも太一の家に入り浸る気満々ではないか。

「うわ、マイってばガチじゃん……アタシも今度買ってくっかなぁ」

「……」

何をとは問うまい。どうせ不破も自分専用のコントローラーを買ってくる気なのだろう。

「皆でできた方がいいよね。あ、『ボウリング』いいじゃん！　これやってみよ！」

「アタシはなんでもいいし」

「んじゃこれに決定！　ウッディも別にいいよね？」

そうして始まった三人対戦——

「よ～しストラ～イク！　えへへ～、これでキララより一歩リード～」

「チッ、調子乗んな。こっから全部決めてやるし」

ゲームはシンプルに倒したピンでの得点を競うモードだ。

「え～と、この位置から……角度はこうで……ふんっ！」

「おっ！　ウッディうまっ！　最初はちょっと外し気味だったのに」

「なんとなく感覚が分かってきたかもしれません」

「相変わらずゲームだけはうまいよなあんた」

「でも得点的にここから全部ストライク決めないと敗確じゃん。これはもうウチとキララの勝負だね」

「全部ストライク……」

順番にそれぞれピンを倒していく。不破と霧崎はスペアをとったり1～2本ほど外したりとお互いに譲らない。だが、ここにきて太一の猛攻が入る。

「うっそ……ここまで全部ストライク……え？　ウッディってこのゲーム初だよね？」

「うわ～……マジか。ここまで来ると逆に引く」

「そこは素直に認めてくださいよ……」

「いやだってなぁ……」

太一は残りのフレーム全てをストライクで決めていく。投げ方のコツを掴んでからはほぼ外さない。このまま行けば、不破と霧崎の得点を追い越せる。

そして不破の番。彼女は真剣な表情で位置取りし、フォームを確認するように数回振って準

備を整え、「ぜってぇ敗けねぇし」と、意気込み、コントローラーを振りかぶったその時、

「そういやキララさ、最近キララママとはちゃんと会ってんの？」

「はぁ!?」

不破は盛大に暴投し、ボールは一直線にガターへと吸い込まれていく。

「ちょっといきなりなんなんだし!?　妨害とかウザ！」

「違う違う。いやさあ、ここしばらくキララってばずっとウッディんちにいたじゃん？　普段からあんま二人して時間合わないのに、余計に会えてんのかなぁ、って思って」

「はぁ？　別にマイに関係ないじゃん」

「うん。まぁそれはそうなんだけど……でもさぁ、その様子だとちゃんとキララママと顔合わせてないっしょ？　ってことは、そろそろ来る頃かなぁ、って」

「ちょ、やめろしそういうこと言うの。こういう時に限ってほんとに来たり――」

ピンポーン。

と、不意にマンションのインターホンが鳴った。不破はビクリと反応し、霧崎は「え？　マジ。ウチってばエスパー目覚めちゃった？」などとニヤついている。

太一は不破の奇妙な反応に首を傾げながら、応答ボタンを押して来客を確認する。

「あ、ちょっと待て宇津木！」

「はい、宇津木です」

不破の制止もそのままに、太一はマイクに呼びかけてしまう。

『あ、お久しぶりです。満天の母の燈子ですが、そちらに娘はお邪魔してないですか？』

なんと、来客は本当に不破の母親である燈子であった。

「はい、今ちょうど来てますけど」

「おいこら宇津木！」

『そうですか……あの、入ってもいいですか？』

「どうぞ」

「う・つ・ぎ～～！」

さっきからなんなのだろうか。不破は太一の肩をガックンガックン揺さぶり、霧崎は笑いを堪えて口元に手を当てている。しばらくすると、燈子が部屋の前まで上がってきた。

「太一君、急に押し掛けてごめんなさいね。あ、これお土産です。つまらないものですが、涼子さんと食べて下さい」

「わざわざありがとうございます」

「それで、あの、満天は……？」

「ああ、はい。ちょっと待ってくださいね。不破さ……っと、き、満天さ～ん！」

目の前の相手も不破だと思い直し、満天の名前を呼ぶ。カラオケで名前呼びなんて罰ゲームをくらったからだろうか。以前より羞恥を感じない。

とはいえ、だからといって決して女子を名前で呼ぶことに慣れたわけでもないが。しかしこうして不破と関わっていく過程で、太一の心中に微弱な変化が見られるようになったことは確かである。

「……あれ？　満天さ～ん!?　燈子さん来てますすよ～!?」

最初の呼びかけから反応がないことに、太一は再び声を張り上げた。

…………

静寂。不破は確かにリビングにいるはず。しかし顔を出してこない。これはいったいどうしたことか。太一が首を傾げる中、『ちょっ、やめろ！』という声が聞こえて来た。

すると、リビングの扉の陰から不破が押し出された。どうやら隠れていたらしい。

どうにもらしくない。彼女の背後では霧崎が楽しそうな表情で不破の背中に手を当てている。

どうやら彼女が不破の背中を押したようだ。

太一を挟んで親娘（おやこ）の視線が交差する。直後――

「満天ちゃ～ん！」

「っ！！？？」

太一を撥ね飛ばし燈子が不破へと突進。ラグビー選手もかくやという見事なタックルを不破に決めて見せた。

「うごっ!?」

不破の鳩尾に燈子の頭部が突き刺さる。娘というボールを抱えて宇津木家の床にトライを決めた。床が凹むからやめてくれ。

「満天ちゃ～ん、寂しかった～！」

「いってぇよママ！　つかハズい！　離れろ！」

「ようやく家に帰ってきたのに！　満天ちゃんってばいつも家にいないか寝てるかのどっちかだし！　お母さん寂しいよ～！」

「だ～！　ママ仕事は⁉　つかもう遅刻確定じゃん⁉」

「あ、それは大丈夫よ。今日は有給とっちゃった♪」

「はぁ⁉」

「ね、ね？　だから今日くらいはお母さんと一緒にいて？　おねが～い！」

不破の腰にしがみ付いて駄々っ子のような姿を晒す燈子。以前に会った時とまるで印象の異なるその豹変ぶりに太一は目を白黒させることしかできない。

「あらら～。ついにこうなっちゃったか～」

リビングの端から霧崎が出てきた。

「あの、これは一体……」

「ああ、これ？　キララママってね、娘のこと大好き過ぎて、しばらく会わないと禁断症状出ちゃうんだよね～。あんな感じで」

なんだそれは。不破は禁止薬物かナニかか。そうでなければ猫のマタタビであろうか。

いずれにしろ触らぬ神に祟りなし。アレには触れないのが賢い判断である。

「ああもう！　分かった！　帰る！　今日は帰っから！　それでいいんだろ!?」

「ありがとう満天ちゃん。ついでに一緒にお風呂入って～、一緒のお布団で寝ましょ」

「それやったら本気で家出すっから、マジで」

「満天ちゃんのケチ～」

アレが親子の会話か？　色々とぶっ飛んでいるというか、やけくそめいているというか。

「ね？　キララママって可愛いでしょ？　娘ＬＯＶＥすぎてちょい引くけどｗ」

「ああ、え～と……」

そんなもんどう答えろってんだ。肯定しても否定してもカドが立つ質問はやめてほしい。

結局、不破は母親を引き摺るように宇津木家を後にすることになった。娘が台風なら母親も負けず劣らずのタイフーンっぷりである。

最後に「お邪魔しました。太一君、いつも満天と仲良くしてくれてありがとう。それと涼子さんにも、後日改めてお礼に伺います、と……そうよろしくお伝えください。では」などと、不破を抱えたまま大人な対応を見せたところで既に彼女のイメージは原子レベルで木っ端みじんである。

「久しぶりに見たな～、あそこまで壊れたキララママ。よっぽど寂しかったんだろうねぇ」

「あ、あはは……」

　太一は実の母親との関係はどうにも微妙だ。ああして愛を前面に押し出してもらえることを羨ましいと思わないでもない。とはいえ、あそこまで人目を憚らず、となってくるとどうなのだろうと考えてしまう。

　リビングに戻り、太一と霧崎は「せっかくだから」とゲームのプレイを再開させる。種目はボウリングからフットサルへ。

「あ、そっちはずるい！　あぁ～スタミナたんないし～！」

「ずるいって言われましても……あ、ゴールです」

「くっそ～！　もう一回！」

　珍しく霧崎と二人きり。なにげに初めてではなかろうか。霧崎の性格ゆえか、そこまでギクシャクすることなくプレイは順調だ。

　しかし意外と負けず嫌いな性格のようで、何度敗北しようと太一に勝負を挑んでくる。

「てかさ、前からちょっと思ってたこと訊いてもいい？」

　と、不意に霧崎がゲーム中に問い掛けてきた。

「？　別にいいですけど」

「そ？　んじゃ遠慮なく。ぶっちゃけさ、ウッディって――キララのこと好きなん？」

「はい!?」

太一から素っ頓狂な声が上がった。コントローラーの挙動も盛大に空振りする。

「いやさ。なんていうか……巻き込まれたって割には色々とキララの面倒見てたわけじゃん？　だからまぁ、そういうことなのかなって」

「な、な、な……ち、ちがっ」

涼子に続いて、またしても太一の気持ちを勘違いしてしまいそうな相手が増えそうな予感に、太一は、

「違います！　オレは不破さんのこと、なんとも思ってないですから！　そもそも、オレなんかと不破さんじゃ釣り合いませんし、住む世界からして違い過ぎて好きになるとかそういう以前の話です！」

「あ、やっぱ？　だよね～」

「え？」

思いがけず返ってきた、霧崎の明るく、そしてドライな反応に太一は面食らってしまう。

「いやさすがにね？　ウッディもなにげに色々と頑張ってるな、とは思うけど、キララと釣り合うかって言われるとそれは、ってなるじゃん？」

「そ、そうですね」

「そうそう。だいたいさ、自分なんか、とか言ってる相手と付き合うのって疲れるじゃん？　なんていうかさ、相手にただ肯定されたがってるみたいな感じ？　それってさ、ただの依存じ

ゃん？　ぶっちゃけさ」

柔らかく、切り口鋭く、霧崎の言葉が心臓を抉る。

「まぁ、でも良かったよ」

「な、なにが、ですか？」

「ウッディがちゃんと身の程を弁えてる、ってとこ」

「はい……ありがとう、ございます」

どう応じていいかわからなくて、太一は俯きがちに、そう言った。そんな彼を前に、霧崎は小さく溜息を漏らしながら、

「………なんで、そこでお礼とか言っちゃうかな……ほんと、そういうとこだぞ」

ゲームの手は、二人とも止まっていた。

やはり、不破も、そして霧崎も……ギャルは陰キャに、優しくない。

改めて、太一は思い知らされた気分だった。

◆

六月二十八日……火曜日。

早朝のランニング。いつものように駅前公園で待ち合わせた不破と太一。

「ったく……ママってばほんとに風呂に入ってこようとすっし。いい歳して親と風呂とかマジでない」

「……」

「てかさ、ママにごはん作らせっと激高カロリーパーティーになっからアタシが晩飯つくったんだけどさ。したらめっちゃ泣くの。ほんとハズいからああいうのやめてほしいわ～」

「……」

「親ってなんであんなウザいかな～。アタシもう高校生だっつの。自分のことはそれなりにできっし。今朝もさぁ。アタシが出掛けようとしたらめっちゃ小言うるさくて」

「……」

「つかさ。マイもマイで人の親可愛いとか言うのマジでやめろっての。何度も言ってんのに聞かねぇしよぉ」

「……」

「なぁ？」

「……」

「なぁ、おいってば」

「……」

「無視決めてんじゃねぇぞ宇津木！」

「え？　わぁ！」

　ぼんやりした意識から覚めた途端、目に入ったのは不破の足技が繰り出される瞬間だった。

太一は急制動を掛け、反射的に身を捻って回避する。

「ちょっ！　避けんなし！」

「無茶言わないでください！　当たったら痛いじゃないですか！」

「あんたがぼうっとしてっからだろうが！」

「それは、すみません」

「なんだ？　昨夜眠れなかったのか？　なんか髪も適当っぽいし」

「あ、その……今朝は少し寝坊して」

「寝坊って……つか、また言葉詰まってるし。デコピン一発ね」

「う……はい」

「ん」

　不破の中指が弾かれ、太一の額を打つ。が……

「え？」

　勢いはほとんどなく、ソフトにペチンと音がするだけで全然痛くない。

「あの……」

「なんか、あった？」

「え？」

「いや、なんか今日のあんた、ちょっと前の陰キャ全開だった時に戻ってる感じすんだよね。最近ちょっとマシになったと思ってたから余計に、みたいな？」

「……気のせいですよ。オレは前も今も……ずっとこうです」

「ふ〜ん……あ、そ。まぁいいや。行くぞ」

興味を失ったように、不破は太一に背を向けて走り出す。彼女のすぐ後ろを走っているはずなのに、なぜかその背中が、妙に遠くにあるように感じられた。

◆

ここしばらくは宇津木家でシャワーを浴びたり朝食を取ったりしていた不破だったが、今日は家に母親がいるということで町内を一周したところで別れることになった。

一緒に登下校、していたわけではない。歩く速度はバラバラで、なんとなく通学路が被っただけの他人という距離感。

ただ、それでも不破が近くにいて、スマホ片手に先を行く姿を追いかけながら通学路を歩くのが普通になっていた。一人を望んでいたはずなのに、いざそうなってみれば、なにかが欠けたような感覚に襲われる。

登校すると、すでに不破の姿は教室にあった。今日は遅刻してくることもなく、普通に登校してきたようだ。ただ、

「あ……」

教室に入った途端、不破が数名の女子たちと机を囲んでいる姿を目撃した。机の上に腰掛け、足を組んだ不破。その姿は、確実に輪の中心人物の風格だ。

彼女の周りにいるのは、いずれも派手な見た目の女子たちだ。彼女たちは不破が元々所属していたグループのメンツである。

彼女たちは口々に不破への謝罪を口にしているようだった。「あの時はごめん」と。不破は憮然とした態度ながらも、「しばらく遊び行くときお前らの奢りな」と……遠回しに彼女たちを許すような発言を口にしていた。

調子がいい、と思うものの……彼女たちの処遇について言及する権利があるのは不破だけだ。その彼女が許すと言っている以上、太一が外から口出しすることじゃない。

結局それきり。五月の一件を話題にすることはなく、そのまま彼女たちはかつてのように談笑し始めた。

……なんで、笑っていられるんですか？

自分を見捨てた相手を、どうしてそう簡単に許してあげられるのだろう……もし自分が同じことをされたなら……なぜ不破が笑っていられるのか、太一には理解できなかった。

……違う。

そんなことじゃない。太一はただ、自分が不破の近くに……あの輪に入れないことに、どこか疎外感を覚えてしまっているのだ。それが当然のはずだったのに、不破の存在が、これまでにないほど遠くに感じられる。

「お？　ウッディじゃん。おはおは～」

「あ、霧崎さん」

教室の入り口付近に立ったままの太一に、霧崎が声を掛けてきた。昨日のこともあり、少し顔を合わせづらい。

「なにしてんの？　そんなとこ突っ立って」

「いえ、別に」

目を逸らす太一。霧崎は怪訝な表情を浮かべ、教室の中を確認すると何かを把握したように

「ああ」と皮肉気味な声で頷いた。

しかしそれ以上は何も言うことなく、太一の脇をすり抜けると、「キララ～！」と注目を集めることも厭わずに声を張り上げて不破の下へと駆け寄っていく。

突然の来訪者に一瞬だけグループの女子たちは固まったが、不破が当たり前のように霧崎を受け容れたのを皮切りに、集団の中へ自然と溶け込んでいく。

ふと、霧崎が太一へと振り返り、一瞥した。だがそれっきり、霧崎は太一に関心を向けるこ

とはなく、朝の予鈴ギリギリまで談笑していった。クラスの中心。カーストのトップたちは声を上げて笑い、その中には確かに不破も交じっている。

いつの間にか、輪の中には西住たち男子カーストトップのグループも加わって……

そんな集団を、矢井田は鋭く、憎々し気に睨み付けていた。

太一はひっそりと、顔を上げることもなく自分の席に腰を落ち着ける。

横目に不破たちの姿が嫌でも目に入った。声もよく聞き取れる。なにがそんなに楽しいのか。廊下まで響くほど大きな声を上げて笑っている。

キンキンキンキン。

とても、耳障りだ。胸の内側で、なにかがぐちゃぐちゃと這いまわる感触が気持ち悪い。どうにも居たたまれなくて、教室に入ってしまったことが悔やまれた。

改めて、クラス内のヒエラルキーを自覚させられる。

すると、不破が集団の中から振り返って、太一の方を見た。思わず目が合う。が、太一は咄嗟に視線を逸らして俯いてしまった。

今は、不破を直視することができない……とてもじゃないが、話すことだって……

「――おい」

不意に、俯く太一の近くで誰かの声が響いた。

「おい宇津木！」

「っ!?」

顔を上げる。すると、想像以上に近い位置に不破の顔があった。あと少しでも動けば鼻先がくっつくほどに近い。

「あんたさ、今朝からマジでなんなん？　さっきも目あった途端に顔逸らすしさ。めっちゃ感じ悪くない？　なに？　マジでアタシなんかした？　言いたいことがあんなら――」

「おらお前ら～。騒いでねぇで席に着け～。不破～。宇津木いじめてんじゃねぇぞ～」

「……次の休み時間、逃げんなよ」

絶妙なタイミングで担任が教室に現れた。不破は太一にそれだけ言い残し、自分の席へと戻って行った。

一時限目後の休み時間。

「は？　あ、おい！」

鐘が鳴るのと同時に、太一は教室を飛び出し、不破から逃げ出した。

二時限目の授業中、太一のスマホが振動。こっそりと確認すると、不破からのメッセージだった。

『逃げんなよこら！』

と、怒りに燃える闘牛のスタンプと共にメッセージが送りつけられる。

それでも太一は、次の休み時間も、その次も、何度も何度も、不破から逃げ続けた。

「待てこら～!!」

「っ!?」

昼休み。鐘の音と同時に不破との校内追いかけっこが始まった。

迫りくる金髪の猛牛。逃げる太一も必死の表情。さながら敵対勢力のシマにカチコミかけて返り討ちに遭った末に逃げる鉄砲玉。捕まったら何をされるか分からない点は似てなくもない。

校舎の中から上履きのまま校庭へ、ランニングでついた体力を無駄にフル活用して学校内を駆けまわる。もうすぐ昼休みも終了する。それでも二人は体力の続く限り追いかけっこを継続させた。

そして――昼休み終了の鐘が鳴る頃。二人は校舎裏で限界を迎えていた。

「ぜぇ、はぁっ……こ、の……無駄に、体力、つけやがって……てか、脚、速ぇんだよ」

「はぁ……はぁ……はぁ……っ」

二人して膝に手を当てて息も絶え絶え。体力は底をつきもはや一歩も足が動かない。

「つか、なんで逃げんだし……」

「す、すみません」

「いや、謝るくらいなら、最初から、逃げんなっての、バ～カ」

呼吸を整える。不破は太一の制服の裾を、逃がさないと言わんばかりに握りしめる。

「マジなんなん？　アタシ、あんたに避けられるようなこと、なんかした？」

「それは……」

された、と言えば今日までさんざん不破には振り回されてきた。だが、今の太一にとっては、そんなことは些末なことでしかない。今、彼にとって最も問題なのは……

「あんたさ、マジで言いたいことがあんなら言えって。じゃないと意味分かんないじゃん」

汗だくの不破が太一を真っ直ぐに見つめて来る。改めて、太一は彼女の容姿に息を呑む。シャープな輪郭に切れ長の瞳をもつ美人、加えて高身長にメリハリの利いた女性らしい体形。他者とのコミュニケーション能力が高く、人の輪の中心にいることができる人物……

なにもかも自分とは正反対すぎて、眩しくて……彼女が傍にいるだけで己のチープさが際立って仕方ない。やはり彼女と自分とでは、世界が違う。

「……なんで、オレにそんな構うんですか」

「は？　構うってなに？」

「今の、この状況です。不破さんにはもっと……オレなんかよりも、相応しい人間関係があるじゃないですか」

ダムが決壊する際、その綻びはほんの小さな傷が原因だったりする。人もまた、心の堤防が破裂するのに、大きな衝撃など必要ない。ただ、ほんの些細な切っ掛けだけで、十分に全てをぶち壊すことができる。

そして、一度でも感情のタガが外れれば、それは溜め込んだだけ一気に噴き出し、本人の制御も無視して暴れ狂う。

「アタシが誰と絡むのかなんてアタシの勝手じゃん。宇津木にとやかく言われる筋合いないと思うんだけど」

不破の視線に険が宿る。顔の整った人間の不機嫌な顔は、それだけで迫力が違う。

果たして、状況は五月の時と似ていた。が、あの時とは、少しだけ状況が違っている。

「不破さん、無事にダイエット、終わったじゃないですか。今日だって、クラスの皆と一緒に、楽しそうに話してて……」

「ああアレ？　あいつらも調子いいよな。アタシが体形戻したらまた急に近付いてくんの。西住なんてよ、『俺と付き合いたいからダイエットしたん？』とか言い出すから、ケツに思いっ切り蹴り入れてやったし。誰があんなのと付き合うかってんだよ」

「でも、楽しそうでした」

「ああ？　別に。矢井田の野郎だったら問答無用でボコしてたけどよ。ケイとかはまぁ、ちゃんと頭下げたわけだし。しばらくは遊び行ったら奢りとか、課題代わりにやってくるとか？　まぁそんな感じでケジメつけるってんだから、今回は許すことにした、って感じ？」

「じゃあ、仲直り、したんですね」

「ああ……まぁそうなんのか？　いうて、また同じことしたら次はねぇけどな。そんで、矢井田はいつか徹底的にシメる。あいつだけはぜってぇ許さねぇし」

言葉に反して、その口元には笑みが浮かんでいる。存外あっけない幕引き。完全とはいかなくても、不破はそれで、日常に戻ったのだ。

彼女に起きたバグは、デバッグされた。なら——

「それなら、もうオレなんて、いらないじゃないですか」

「は？　なにいらないって？」

「……不破さんがオレと一緒にいたのは、ただダイエットをするためですよね？　だったらそれももう終わって……不破さんにとってオレはもう、不要ってことじゃないですか」

「は？　意味わかんない。別にダイエット終わったから友達じゃなくなるとかなくね？」

「とも、だち……？」

誰と、誰が？

不破にとって太一とは、ただダイエットをするための便利なツールの一つではなかったのか。ストレスを発散させるための、おもちゃではなかったのか。いつから、二人の関係は『友達』になっていたのだろうか。

アレは、ただお互いに『使う側』と『使われる側』でしかなかったはずではないか。

「オレが不破さんと友達？　そんな、悪い冗談ですよ」

「……なに、悪い冗談って？」

不破の声が、再び不機嫌の色を帯び始めた。

「だって、オレが不破さんの友達だなんて……ありえないですよ。釣り合いが、取れてません。オレは陰キャで、底辺で……なにをやらせても、全部ダメダメで……」

「陰キャはその通りだけど何してもダメってことないじゃん？　てか釣り合うかどうかなんてどうでもよくね？　アタシがあんたを友達って思ってたらそれで話おわりじゃない普通？　なに？　それとも宇津木にとってアタシは友達じゃない感じ？」

「……それ、は……」

自分が不破を友達だと思っているか……そんなものは、彼にとって分かり切った答えだ。

『ありえない』

不破と太一ではそもそも立っている世界が違う。見ているモノが違う。感性が違う……なにもかも違う。彼女は陽キャで、強キャラで、ヒエラルキーのトップで、明るくて、物怖じしなくて、一生懸命で、美人で、カッコいい。

「あのさ、言いたいことあんならハッキリ言えって！　そうやってウジウジされっと、マジで腹立つから！」

「っ……」

……オレだって、好きでこんな風に話したいわけじゃない！

「……るさい」

「は？　なに？」

「うるさいですよ!!」

「っ!?」

いきなり飛び出した太一の大声に、不破は思わずたじろいだ。

「オレだって、好きでこんな風になったわけじゃない！　こんな、意気地のない自分、オレだって大嫌いですよ！　ムカつきますよ!!」

溢れ出した感情は、堰き止めていた奔流は、止まらない。

「なんなんですか!?　不破さんはオレとは全然違うじゃないですか！　クラスの中心で！　一杯周りに人がいて！　コミュ力高くてモテモテで！　いつも自信に溢れてて！　美人で、カッコよくて！　勝ち組じゃないですか！」

……オレは、

「不破さんといるとっ、辛いんです！　毎回グイグイ来て、遠慮がなくて！　いっつも振り回してきて！　オレはそれになにも言えなくて、ただされるがままで……」

……その強引さに、惹かれる部分もあった。でも、

「不破さんといると、自分の惨めさが目立つんですよ！　情けなくて意気地なしで！　どうしようもないくらいダメな自分を自覚して！　辛いんです!!」

……彼女はオレには、眩しすぎる。

でたらめに言いたいことを捲し立てた太一。先ほどまでの喧騒はなく、校舎裏はひっそりと

静まり返っていた。

「あ、そ」

そんな静寂に、不破の乾ききった、冷たい声が切り込んだ。

「――じゃあ、もういいわ。なんか、必死になって追いかけて、バカみてぇ」

「っ……！」

「あんた、ほんとに前からなんも変わってねぇじゃん。見てくれだけ」

静かに、怒りも呆れもない、淡々とした声音が、太一の胸を抉る。

「じゃあ、もうこれっきりってことで。じゃあな」

不破は踵を返し、そのまま行ってしまう。

それは、太一にとってずっと熱望していたはずの、彼女との関係が解消されたことを意味している。

だというのに……

太一は彼女の背中を見送り、急に目頭が熱くなる。胸中が悔しさで満たされて息苦しい。

「く、そ……」

制服の袖で目を覆い、校舎の壁に背中を押し当てると、ずるずると地面に座り込んだ。

第六部 ✖ 人が変わる瞬間とは、変わりたいと『願った』その時である

その日の五時限目と六時限目を、太一はサボった。

学校にいられる気分ではなく……教室にいる不破はもちろん、霧崎にも、他の誰にも、会いたくなかった。

情けない自分を隠すために、誰にも声を掛けず、そっと校舎を後にする……

荷物は全て置いてきた。靴も履き替えず、上履きのまま。教室に戻りたくなかったから。

六月の空。天気予報によれば、この辺りの地域ももうすぐ梅雨が明けるそうだ。だというのに、ずっしりとした鉛色の雲が天蓋を覆い隠す。一人マンションへの帰路につく太一の頭上はぐずり出す一歩手前。

そして、マンションまであと半分というところで、空は本格的に泣き出し始めた。

……泣きたいのは、こっちだよ。

顔に当たる雨粒に目を細め、ぐっと奥歯を噛みしめる。背中を丸め、地面に視線を落としてマンションに帰ってきた。

ガランと静まり返った我が家。つい昨日まで、リビングでは騒音と呼んで差し支えないほど

の賑やかな声が響いていたというのに……

テレビの前には、霧崎が持ち込んだゲームのパッケージとコントローラーが無造作に置かれている。そこには、家族以外の誰かがいた痕跡がしっかりと残されていた。

『アタシも今度買ってくっかなぁ』

昨日、不破はそう言っていた。彼女はまたここに来て、自分専用のコントローラーでゲームをする気でいた。

だが、もう彼女が太一の家に来ることはない。太一は不破を拒絶した。そして彼女もそれを受け容れた。

ずっと不破から解放されることを望んでいた。しかし彼女たちとの関係はなし崩し的に続いて……辟易していた。いつまで我が家を溜まり場にする気なのかと。

だから、今日のことは太一にとって確かに望みが叶った瞬間だった。そのはずだったのだ。

なのに、この胸をギリギリと締め上げるものはなんだというのか。

うまくいったはずなのに、ようやく一人の時間を取り戻したというのに、達成感なんてまるでない。むしろ、まるで親に置いて行かれた時のような寂しさを感じる。手を放され、背を向けられ、一瞥もされることなく、歩き去って行く。

太一はそっとゲーム機から視線を外し、自室へと引っ込んだ。

濡れた制服を着替えることもせず、ベッドの縁に背を預けて、床に脚を投げ出す。

外はいまだ雨が降り続く。窓の外は薄暗く、光の射さない部屋はより濃い闇の中。

視線を少し横に滑らせると、そこには先日、不破と霧崎に選んでもらった服がハンガーに掛かっている。髪にも触れてみた。ワックスとスプレーでしっかりと固定されて硬くなった毛束の感触が指先に返ってくる。

『あんた、ほんとに前からなんも変わってねぇじゃん。見てくれだけ』

不破の声がリフレインする。

「分かってるよ、そんなこと」

ベッドから枕を引き寄せ、顔を覆い隠す。

枕越しに嗚咽が漏れた。自分から突き放しておいて、いざ離れていくと見捨てられたような気になって、そんな自分に嫌気がさして……太一の頭の中はぐちゃぐちゃだった。

どうするのが正解だったのか分からない。

そもそも、自分が相手に何を望んでいたのかさえ分からなかった。

ひとしきり泣いた後、喉がひりついてキッチンへ水を取りに行く。飲みかけのペットボトルの中身を一気に飲み干した。

目に入るのは、やはり皆でワイワイと騒いでいたリビングだ。

『だいたいさ、自分なんか、とか言ってる相手と付き合うのって疲れるじゃん？　なんていうかさ、相手にただ肯定されたがってるみたいな感じ？　それってさ、ただの依存じゃん？』

妙に鮮明に、霧崎の言葉を思い出す。同時に太一は「ああ」と納得を得た。

……オレ、不破さんに慰めてもらおうとしたんだ。

自分を卑下し、貶めて……それを、太一は不破に否定して欲しかったのだと理解する。

自分じゃ自分を肯定できないから、相手にそれを望んだ。自分のことは信じられないが、相手の言葉なら信じられる。

……オレ、不破さんを利用しようとしたんだ。

『使う側』と『使われる側』。その関係は、一方通行ではなかった。太一もまた、不破を『使おう』と無自覚に考えていたのだ。むしろ、太一の方が一方的に、不破に期待を押し付けていたのかもしれない。

「最っ低じゃないか……」

きっと、霧崎も不破も、太一のそんな下心に気付いていたのではないか。

いや、きっと気付いていた。

それでも、

『何してもダメってことないじゃん？』

『釣り合うかどうかなんてどうでもよくね？』

『アタシがあんたを友達って思ってたらそれで話おわりじゃない普通？』

不破は、太一の醜い期待に、応えてくれていたんだ。

それを、太一は自分で否定し、挙句突き放した。自分勝手に、自己中に、相手を裏切った。

強烈な自己嫌悪と罪悪感にまた目じりが滲んだ。キッチンの床にうずくまる。

しばらくの間、薄暗い部屋の中に、嗚咽交じりの「ごめんなさい」という声(おと)が鳴り続けた。

太一はようやく理解した。あの時、もしも正解があるとするならば、それはきっと——

ほんの少しだけでも、素直に相手の言葉と今の自分を、肯定してやればよかった。

本当に、それだけだったのだ。

それは一番難しく、一番簡単な方法だった——

◆

翌日、太一は学校を休んだ。

雨が降る中、傘もささずに帰宅。挙句に髪も乾かさず、濡れた制服もそのままの状態で過ごしていたため、しっかりと風邪を引いてしまったわけである。

「はい……はい……申し訳ありません。それでは、失礼します」

六月二十九日。涼子も今日は仕事を休んだ。また不破にブラコンと言われてしまうかもしれないが、どうにも今の太一をそのまま一人にしておくことは躊躇われた。

「具合はどう?」

「……頭とか喉とか……なんか全部痛い」

「そう。まぁ39度も熱が出れば当然ね。学校には連絡を入れておいたから、今日はゆっくり休みなさい」

「そうする……」

時刻は朝の八時。いつもなら二人とも家を出ている時間帯。涼子は普段着だ。上にエプロンをつけている。

「少しは食べられそう？」

「いらない」

「そう。でもちょっとはお腹に入れた方がいいわ。ゼリー飲料買ってきたから、それだけでもお腹に入れて、薬飲みなさい」

甲斐甲斐しく太一の世話を焼く涼子。今の太一は風邪以上に、何か別のものに蝕まれているような気がする。

と、不意に涼子のスマホが鳴った。

「ちょっと出てくるわね」

涼子が部屋から出ていく。一人の空間で、太一は天井を見上げて無為に時間をつぶす。

何もやる気が起きない。挙句の果てに、いっそこのまま消えちゃいたい……などという考えまで浮かぶ始末だ。

弱り目に祟り目。弱り切った精神状態、弱り切った体。

次第に、何を考えるのも億劫になって、太一は瞼を合わせる。何も見たくないと言わんばかりに視界を閉ざし、太一は夕方まで、眠りに落ちる。

——ふと、夢を見た。

一人たたずむ太一の前には、両親と涼子、そして小学校時代に仲の良かった一人の友人、隣には霧崎と……不破が立っている。

だが、最初に両親が太一に背を向け、手を伸ばす太一を無視して消えてしまう。

涼子は、そんな両親とは別の方向へと顔を向け、やはり太一の前から姿を消した。

次いで、小学校時代の友人が、太一の手を躱すようにその場からいなくなる。

その場に残ったのは、不破と霧崎の二人。

しかし霧崎は太一に溜息を吐きながら、彼の脇をすり抜けてどこかへ行ってしまう。

最後に、太一は不破と目が合う。

彼女は何も言わず、ただじっと太一を見つめていた。

『不破さ、』

思わず彼女に手が伸びる。しかし不破は一歩、太一から遠ざかると、

『じゃあな』

と、それだけ残して踵を返す。

『待って』

咄嗟に、声が出た。

『待ってください！』

遠ざかる不破の背中を追いかける。しかし、どれだけ手を伸ばしても、どれだけ足を回転させても、その背に彼の手は届かない。

見れば、太一の手は小学校時代の小さなものに変わっていた。

『待って！』

幼い太一が必死に不破の背中を追いかける。

しかし、どれだけ走っても、重たい泥の中にいるように、体は前には進んでくれない。

次第に、不破の背中は豆粒のように小さくなって、
ふっと、彼は一人きりの空間に取り残されていた――

目が覚めた。ひどく気分が悪い。ずっしりとした頭。関節は石膏で固められたかのように動きが鈍い。カーテンの隙間から西日が射している。
枕もとのデジタル時計の表示はＰＭ６：19……

「――あら、起きたの？」

涼子が太一の机で文庫本を広げていた。眠ってしまった後も、ずっと傍にいたらしい。

「お腹すかない？　なにか持ってくる？」

「……お願い」

「了解。じゃ、ちょっと待ってて」

涼子は素うどんを作ってきてくれた。トッピングは万能ネギのみとシンプル。しかし昼食も取らずにずっと眠っていた体は、あっさりと麺もダシも胃の中に納めていく。

「――ごちそうさま」

「お粗末様。食欲、出てきたみたいね。風邪薬持ってくるから、熱、測っておきなさい」

言われるがまま体温計を脇に挟む。電子音と共に脇から引き抜くと、そこには37．3と表示されていた。まだ熱はあるものの、朝と比べて随分と落ち着いてくれたようだ。

涼子の持ってきてくれた風邪薬を飲んで一息つく。こいつがしっかりと仕事してくれれば、明日にはまた健康な体が戻ってくることだろう。

……とはいえ、精神的な部分までこの薬は面倒を見てはくれないが。

最悪、体などよりも厄介な部分に患った病を引きずる可能性の方が大だ。精神と肉体は互いの健康状態に影響を与え合うという。ならばいくら体の風邪が治ったところで、相互関係にある精神が病んだままでは完治したとは言えない。

この心の中でとぐろを巻く靄は、いったいどうすれば晴れてくれるのか。

涼子は太一の食べた食器もそのままに、再び椅子に腰掛ける。足を組み机に肘を当てて頭を支える。その表情はどこか呆れているようにも見えた。

「あんた、満天ちゃんと喧嘩したんだって」

「――っ!?」

姉の言葉に心臓がドキリと脈打った。そんな弟の反応に「はぁ」と溜息をつく涼子。太一は咎められるのではと身を硬くする。

が、姉は「しょうがないわね」といった表情で太一に苦笑を向けるのみだった。

「今朝、霧崎さんが電話してきてくれてね、色々と教えてくれたのよ……なんていうか、あんたが喧嘩ねぇ……」

霧崎は昨日あの場にはいなかったはずだが。大方、不破から事情を聞いたのだろう。

「今日は満天ちゃんも学校休んだらしいわ。二人して学校に来ないもんだから、心配したんじゃない？」

「そう……」

が、不破は元々学校はサボりがちだ。とはいえ、やはり昨日の今日では霧崎も、なにかあったのでは、と心配になってしまったのは仕方ない。

「それで、なんで喧嘩したの？」

「……そもそも、喧嘩じゃ、ない。ただ、ちゃんとお互いに、正しい付き合い方に戻ろうって、話しただけで……」

「そう？　でも、その割にはあんた、全然納得できてないみたいだけど？」

「……」

「ていうか、あんたって満天ちゃんのこと、好きなんじゃなかったの？」

「っ……それ、姉さんの勘違いだから。オレは最初から、不破さんの事、なんとも思ってない。ただ、強引にダイエットに付き合わされただけで……だから、好きとか、嫌いとか、そんなんじゃない」

「だから、別に関係が壊れちゃってもいいって？」

「壊れるんじゃない。もとから壊れてたんだ。それが、もとに戻るだけの話で。大体、不破さんはいつも勝手なんだ。オレの意見なんて聞かないで、一人で突っ走って。あげく、それに振り回されるオレの気なんて、全然考えてもくれない。だから、全部片付いて、スッキリしてるくらいだよ」

「……太一、あんたソレ、本気で言ってるの……？」

「っ――」

不意に、涼子の瞳と声に険しさが宿り、太一は身を竦ませる。最近はめっきり見せなくなった姉の厳しい表情。太一は奥歯を噛み、すっと視線を逸らして俯いてしまう。

と、涼子はそんな弟を前に、「はぁ」と呆れつつ表情を緩ませた。

「まったく……やっぱり喧嘩したんじゃない、あんたたち」

「……」

……違う。

「お互いに意見が食い違って衝突するなんて、喧嘩以外のなにものでもないじゃないのよ」

「……」

……だから、違うって言ってるだろ。

「でも、そう……喧嘩したの……良かったわね」

「っ！　何がいいんだよ!?」

思わずベッドから跳ね起きて姉に食い掛かった。それでも涼子の表情は穏やかなままだ。

「だってあんた、そもそも喧嘩できる相手すらいなかったじゃない。喧嘩なんてね、それなりに仲のいい相手だから成立すんのよ。ほら、よく言うじゃない。喧嘩するほど仲がいい、って……私としては、喧嘩『できる』ほど仲がいい、ってことなんだと思うけどね」

「なんだよ、それ……それじゃまるで、友達みたいじゃないか」

「友達、でしょ。あんたと満天ちゃん、あと霧崎さんか。ひゅう、女の子二人も侍らせて、モテモテじゃんあんた」

どこかふざけているようにも思える涼子の発言。しかし、太一はぎゅっと胸のあたりを押さえて、俯いてしまう。

「友達じゃ、ない……オレと不破さんたちは、全然、友達なんかじゃ、ないよ……」

「……どうして？」

絞り出すような弟の言葉に、涼子は優しく問いかけた。

「だって、友達は相手を利用してやろうなんて考えたりしない……自分の都合のいいように、相手を使ってやろうなんて、考えないはずじゃないか」

「……」

「オレは……オレは、不破さんを利用しようとした。自分勝手な欲求を、不破さんで満たそうって……そんなの、全然友達じゃない……こんな汚い考えを持ってるオレは、不破さんの友達になんて、なれるわけがない」

太一は吐露した。自分の心の全てを。涼子は黙って太一が話し終えるまで耳を傾ける。

そして、太一の声が途切れたところで、彼女は弟へそっと近づき、俯いた頬に手を当てて、顔を覗き込む。

「なんとなくだけど、あんたの考えてることは分かったわ。でも、それを踏まえて言わせてもらうけど、あんた――人間関係にちょっと夢見すぎ」

「え？」

思わず飛び出してきた涼子の厳しい言葉に、太一はぎゅっと胸を詰まらせる。

「そもそも、友達だろうが親友だろうが、恋人だろうが夫婦だろうが、なんだったら親子だってね、いつだって相手を都合よく見てるもんなのよ。あんたが満天ちゃんになにか期待したのなんて、普通のことよ。別になにも特別なことじゃないわ」

涼子はさも「くだらない」と吐き捨てるように言い放った。どんな相手であろうがそこには大なり小なり利害関係の一致がある。親だろうが子供だろうが、それは変わらない。

どれだけ近しい存在だろうが、親しい間柄だろうが、そこに利己が絡まないなら、それこそ『関係』など成立しない。

「合わないなら自然と離れていくし、ちょっとでも噛み合うとずるずる付き合っちゃうもんよ。あんたは満天ちゃんと自分が水と油みたいに思ってるみたいだけど、傍から見てたらあんたたち、なかなか良いコンビだったと思うわよ」

涼子は指折り数えるように二人のことを語っていく。朝に一緒に走って、ゲームを二人で交互にプレイして、夕飯を盗り合って（一方的に太一が奪われている方が多い）、食後に垂れ流されるテレビを一緒に見てみたり……

「まぁ、あんたからすればたまったもんじゃなかったかもね。あの子、接し方が激しいタイプだから。ああいう子はノリが合わないと疲れるわよね。でも」

――あんた、意外とまんざらでもなかったんじゃない？

「……わからない」

涼子の言葉を受けても、太一は不破との日常が、自分にとってどんなものだったのか、良く分からない。疲れるだけだった……そう言い切ってしまうのは簡単だ。しかし、服を買いに行って、髪を切って、

『なかなかいいじゃん』

美容院から帰ってきた太一に向けて、不破はそう言った。

それは、太一が母親からすらもらったことがほとんどない、明確な肯定の言葉だった。不破は、決して理不尽だけを押し付けてきたわけじゃない。彼女は決して優しくはなかった。しかし、優しくない『だけ』でもなかったはずだ。

「太一、さっきも言ったけど、関係性なんて利己的なものよ。続けるも続けないもあんた次第。これだけは、私も口出しできない。そこはあんたが自分で決めるの。それと」

涼子が太一の顔を引き寄せ、真っ直ぐに瞳を合わせて来る。

「自分がもしも、相手になにか悪いことしたな、って思うなら……どうすべきかくらいは、分かるわよね？」

ゆっくりと諭してくる姉に、太一は静かに頷いた。

「うん、よろしい」

太一の反応に、涼子は満足げに頷く。

「姉さん」

「うん？」

「オレ、変われるかな？」

「……変わりたいの？」

「変わりたい……こんなオレでも──変われるなら！」

「そう。なら大丈夫よ。だって」

──そう思ってること自体、あんたがもう、変わり始めてる証拠だから。

涼子は「大丈夫」と繰り返す。

人が変わる瞬間とは、変わりたいと願った、その時なのだから。

◆

六月三十日……日が昇る頃にはすっかり熱も引いていた。部屋の時計は午前五時を指している。起き抜けの思考は思ったよりスッキリとしていた。

病み上がりである我が身を叩き起こして太一はジャージに着替える。五時半少し前。普段よりも気持ち早く自宅を出て、不破といつも待ち合わせしていた駅前公園へ。

……早朝六時。不破は、現れない。一〇分ほど待ってみる。

だが、彼女は姿を見せなかった。思わず気落ちしそうになる心を、太一は強引に蹴り飛ばし、今日はもう彼女は来ないものと一人でランニングを開始。

空は雲が多いものの、隙間からは朝の陽光が差し込んでいた。普段より走る速度を上げる。その視線は真っ直ぐ、前を見据えていた。

――午前八時。登校した太一は自然と不破の姿を目で探す。しかし彼女の姿は教室のどこにもない。彼女は遅刻の常習だ。まだ来ていないだけの可能性もある。

朝のホームルーム。担任の倉島が教室に姿を見せる。着席した生徒たちを見渡すと、「不破は今日も無断欠席か？」と盛大に溜息をもらした。

……それから四限目を終えて、昼休みに差し掛かる……

不破はその日、学校に登校してくることはなかった。

――月がかわり、七月一日。

不破は相変わらず無断欠席を繰り返しているようだ。

太一はスマホを取り出してメッセージアプリを起動させる。不破とのトーク画面を開き、しかしなんのメッセージも打ち込むことなくポケットに押し込んだ。

『お前からぜってぇ連絡してくんじゃねぇぞ！』

不破からかつて連絡先を交換した時にそう念を押されている……いや、そんな理由は関係ない。ただ、なんとなくアプリごしではなく、直接彼女と対面して言葉を交わす必要があると太一は感じていた。

だが、肝心の不破は一向に学校に姿を見せない。

あまり可能性は高くないが、不破の方が今度は太一を避けているのではないか。普段であれば「まさか」と一蹴してしまう可能性。不破ほどのヒエラルキートップである人種が自分のような底辺を気に掛けるなどありえない、そう考えていたことだろう。

だが今、太一の所感などというバイアスの掛かった視点など不要。必要なのは客観的事実のみを俯瞰し、状況から不破の行動を考察、自身の今後の動きを思考することである。

しかし仮に不破が自分を避けている、と仮定してみるとこれもなかなかにメンタルに響くものがある。長年培われてきた弱腰が顔を覗かせ、太一に「動くな」と命じて来る。

行動と成果は必ず等価で返ってくる保証などない。行動しなければ得をすることもないが大きく損をすることもないのだ。

……はたしてそうだろうか？

今ここで動かないことを選択する事が本当に最善の選択か？

あえて言おう――そんなものは行動してみなけりゃ分かりっこない！

その日、太一は昼休み開始と同時に教室を飛び出した。向かう先は霧崎が所属しているクラスである。太一は自分の能力を低く見積もる傾向がある。

が、今回ばかりは自分だけで不破との関係修復を成し遂げるのはかなり困難であることは確かだ。人間関係をこれまで疎かにしてきたツケでもある。

ゆえに、今の太一には協力者が不可欠だった。

目的の教室が見えて来た。窓から中を確認する。霧崎の姿は、ない。

……そういえば。

以前、『最近全然ガッコ来てねぇし』と、不破が口にしていたのを思い出す。ここ最近になって登校するようになったのは不破がいたからだ。ならばその彼女がいない今、霧崎が再び学校に来なくなった可能性は十分に考えられる。

しかも太一は彼女と連絡先を交換できていない。

だが彼女が本当に学校に来ていないかはまだハッキリしない。もしかしたら学食か購買に行っているだけという可能性もある。それを確認するには目の前の教室に突入して誰かに確認する他ない。ただでさえコミュニケーション能力が不足している太一にとって、他のクラスへ入り、声を掛けることのハードルがいかに高いかは推して測れるというもの。

……変わるって、決めたんだ。それに、

ここで躊躇しているようではこれから先、不破と対面した時まともに相対できるはずもなし。

太一は意を決して教室の扉に手を掛け、勢いのあまりバンと大きな音を立てて開けてしまった。

途端に流れる微妙な空気。突然教室に姿を現した強面男子。緊張でガチガチになった太一の表情は非常に硬く、眉間に皺を寄せる姿は不必要に教室内の生徒たちを威圧した。

「(え!?　なに、不良!?)」

「(うわっ、顔こわっ！)」

「(なに、カチコミ!?)」

「(う、動くな。目を付けられたら殺されっぞ！)」

太一が教室内を見渡すと、全員がそっと顔を逸らす。太一は扉をいきなり派手な音を立てて開けてしまったがために気分を害してしまったのかと不安になる。

が、いつまでも突っ立っていたところで始まらない。

「あ、あの……」

「ひっ！」

近くにいた憐れな二人組の女生徒に声を掛ける。教室中が息を呑む。妙にひりついた空気の中、太一は震えそうになる声を絞り出す。

「き、霧崎さん、は……来てる？」

「へ？　霧崎さん？」

直接声を掛けられてちょっと涙目の女生徒は相方に視線を向ける。すると彼女はおっかなびっくりといった様子で、

「き、来てたよ……あ、来て、ました……はい」

「っ!?　ど、どこに行ったか分かりますか!?」

「ひぃ！　お、教えますからどうか見逃して下さい！」

「なんか良く分かりませんけど教えてください！」

霧崎が学校に来ている事に一縷の希望を見出した太一は女生徒に詰め寄った。しかし一切の余裕のない太一の顔はもはやそれ自体が殺人兵器の威力を持って女生徒の目じりに涙を溜めさせる。もはや教室の空気はかなりカオスなことになっていた。

「た、たしか……『今日は限定メニュー！』とか言ってたので、学食じゃないかと……」

「ありがとうございます！」

場所が判明するなり、太一は勢いそのままに教室を飛び出した。昼休みは始まって一〇分。今から走ればすれ違いを避けられるかもしれない。

教室から飛び出した謎の強面男の姿を見送り、詰め寄られた女生徒は「ごわがった～！」と相方に泣きついた。それと同時に、教室の生徒たちはほぼ全員、

「(き、霧崎が殺される……っ!?)」

と、戦々恐々としたという。

◆

学食は人で溢れかえっていた。購買などもはや生徒たちがやけくそめいた勢いで押し合いへし合いを繰り広げ、戦利品たる総菜パンにパニックホラーのゾンビもかくやという様相で手を

伸ばしている。

息を切らせた太一は学食内を見渡す。と、中庭が拝める窓際の席に黒髪の先に赤いグラデーションを掛けた目立つ容姿の生徒を発見。

周囲の喧騒も蚊帳の外。一人座席を占領した霧崎は、学食の日替わり限定メニュー（本日はエビチリ定食）に舌鼓を打っていた。

学食の入り口で太一は思わず二の足を踏んでしまう。先日からの彼女との関係も正直に言ってしまえばかなり微妙だ。険悪というわけではないが、どうにも近寄りがたい。

……止まるな。行け……行け！

自分をなんとか鼓舞し、太一は霧崎の下へと近付いていく。

霧崎の方も太一の接近に気付いたようで「お？」と意外そうな表情を浮かべつつ、

「ウッディじゃん。学食でなんて珍しいね。てか風邪はもう平気なんだ？」

「一応……昨日から、学校に来てます」

「ふ〜ん。そっか」

いつもと変わらない笑顔で迎え入れてくれる。が、どこか余所余所しさも感じられた。

「それで、どしたの？　学食にお昼食べに来たん？　それとも、なんかウチに用でも？」

値踏みするような視線が突き刺さる。太一は背中にヒヤッとするものを感じながらも、霧崎の顔を真正面から見やり、

「霧崎さん!!」

「お、おう、なに？」

思わず声を張り上げてしまい、学食中の視線を集めてしまう。

「そ、その！　ちょっとこれから！　時間を貰えませんか!?」

「いや声でかい！」

霧崎のツッコミも大概でかかったが、彼女は「はぁ」と呆れた表情を浮かべつつ、

「なんの用か知らないけど、別にいいよ」

「ありがとうございます!!」

「いやだから声……」

と、なんとか彼女から了承を貰うことに成功した。

◆

霧崎の食事を待って向かったのは校舎裏。昼休みは半分を過ぎている。しかし太一は、仮に授業に間に合わなくとも霧崎に協力を取り付けるつもりでいた。

「それで、こんなとこにウチを連れてきてどうすんの？　あ、まさかアイの告白――」

「オレ、不破さんと仲直りしたいんです！」

「せめて最後までボケさせてよ……てか、なに小学生みたいなこと言ってんの？　仲直りしたいなら勝手にすればいいじゃん」

「はい……その通り、なんですけど……」

冷静な霧崎の切り返しに思わずしどろもどろになってしまう太一。霧崎はそこを見逃さず畳みかけて来る。

「……あのさ」

「はい」

「そもそも、なんでキララと仲良くしたいわけ？　ウッディさ、別にキララのこと好きでも何でもないって言ってたよね？」

「そう、ですね」

「なら別に仲良くするメリットなくない？　こう言っちゃなんだけどさ、ウッディとキララって正直そんな相性いいって思えないんだよね。ウッディって根っからの陰キャだし、キララもあの性格じゃん？　ぶっちゃけさ、一緒にいたってお互いに疲れるだけだと思うんだけど？」

「それは……」

「てかさ、ノリの合わない相手とずっと一緒ってキララも迷惑なんじゃない？　ウッディもキララにブンブン振り回されて正直キツかったっしょ？」

「……」

太一は言葉に詰まり、無言の時間が過ぎていく。予鈴が鳴った。もうあと五分で授業開始である。霧崎の言葉に太一は押し黙ってしまった。

彼女の言い分は正しい。人には合う合わないがある。それはどうしようもないことだ。確かに太一に不破のノリは激しすぎてついていくだけでもキツイ。

だが——今日まで曲がりなりにも彼女と行動を共にし、彼女の掲げるダイエットの目標を達成させたのだ。当然太一ひとりの功績ではない。それでも、太一とて不破に食らいつき、一緒の時間を共有してきた。

誰であっても、その事実だけは否定させない。

「はい……オレは、不破さんが苦手です。あのグイグイ来るところも、勝手に突っ走っていくところとかも、正直疲れるって思います」

「だったら」

「でも！　オレはそれでも！　不破さんとまた、一緒の時間を過ごしたいです！　友達として！　朝に走ったり、ゲームしたり、ご飯を食べたりっ！」

今の太一の精一杯。自己に閉じこもらず、どうしたいのかを口にすること。それが彼の限界。しかし、これは確かな一歩でもあった。

「それに……えと……多分！　不破さん一人だと、また太りますよ!?　不破さんが太った原因知ってますか!?　なんか気付かないうちに暴食を繰り返したからって言ってたんですよ!?　不破さんいつもちょっとしたことで怒るじゃないですか!?　誰かが見てないとまた際限なく色々食べまくって、こんな感じになっちゃいますよきっと!?」

などと捲し立てて、太一はスマホに保存されていた不破が最も太っていた時の写真を表示した。ダイエットの成果を確認する比較目的で持っていた写真である。

それを他人に晒す。本人が近くにいたら色んな意味で顔面真っ赤必至の行為である。

しかし霧崎は「うわぁ……」と写真を前にドン引きしていた。

果たしてそれは太一の写真暴露という蛮行によるものか、もしくは写真に写る友人のあられもない姿に対してか。いずれにしろひどい表情である。

「せっかく綺麗になったのに、またこんなんですよ!?　いいんですか!?　嫌ですよね!?　オレも嫌です!　またダイエットに付き合わされるより不破さんとなんでもいいので遊びたいです!　そういうわけなので!　霧崎さんには不破さんとの仲直りに協力をお願いしたく!　ここにお呼びした次第です!　どうでしょうか!?」

「えぇ……」

困惑の表情を浮かべる霧崎。しかし言いたいことは言った。後は返事待ちである。

既に授業は始まっている。沈黙の校舎裏。果たして、霧崎は後ろ髪を掻きながら、

「……いやぁ、うん。キララもけっこう自己中なところあるけど、ウッディも大概だわ」

「え？　あの……それは」

霧崎は盛大に呆れた、と腰に手を当てるポーズを取りつつ、口元をニヤニヤさせながら太一に顔をぐっと近づけて来た。思わずビクリと反応してしまう。

「ＯＫ。ウチにできることなら協力してあげる」

「っ！　あ、ありがとうございます！」

「でも条件がひとつ」

「え？　そ、それは……」

指を立てる霧崎。その表情は、ニッと人好きするような可憐な笑みで、

「さっきのキララの写真、ウチにも回して♪」

「え？」

「別にいいっしょ？　にしし」

「……」

太一は冷や汗を流す。先ほどの写真が霧崎に渡ったらどうなるか……きっと、写真を使って不破を盛大にからかう。そんな未来が容易に想像できる。

そして、写真の流出先など一つしかないわけで……

「あの、ちゃんと不破さんとの仲直り、協力してくださいね？」

「あはっ♪　当然じゃ～ん♪」

太一は思った。絶対に選択を誤った、と……

◆

『とりあえずウッディが思いつくところ探してみ。それでも見つかんなかったら連絡して』

連絡先を交換した後、霧崎にそう言われた太一は学校を飛び出した。中途半端に逃した五限は完全に無視。今はそれより、優先すべきことがある。

いつものランニングコース、一緒にいった市民プール、最近お気に入りだった様子の銭湯……だが、どこにも不破の姿はない。改めて、太一はどれだけ自分が不破のことを知らないか、理解しようとしなかったのかを思い知らされた。だが、ここで諦めたくはない。太一は霧崎に連絡をとり、駅前で合流することを頼んだ。

「――ま、そう簡単に見つからないか。連絡がつけば一発なんだけど……てかさ、ウッディはキララの連絡先知らないの？　さっきから何度もラインしてみてんだけどスルーされてるっぽいんだよね。めんどくせぇ～」

めんどくせぇと言いつつ、霧崎はどこかこの状況を楽しんでいるように見える。だが、太一はそんなことには気づくこともなく、不破が見つからないことに落胆の色を隠せない。

「……前に連絡先交換したとき、おまえからは絶対に連絡してくるな、って言われまして」

「ああ……キララなら普通に言いそう。ってなると、多分ウッディが連絡してもガン無視決める可能性高いかなぁ、これ」

二人はとりあえず町を回ってみることにした。この時点で放課後を過ぎ、駅前は学校帰りの生徒やまだまだお仕事中の生気の抜けた社会人で溢れかえっている。

よく霧崎と一緒に訪れていたという小物関係のショップやブティック、行きつけの美容院、ゲーセン……太一には思いもつかない候補を少しずつ潰していく。

最有力候補のゲーセンの中を二人でくまなく探し回る。爆音が垂れ流される施設内は薄暗く、目を凝らして不破の姿を探す。

キン、とゲームの音に紛れて聞き取れた女性の声を拾うたびにそちらへ反応する太一。

しかし視線の先にいるのは全く別のギャル。彼女たちは太一と視線が合うと「やべ、ウチらうるさかった？」と気まずそうにそそくさその場を去って行った。

別に彼女たちになんの罪があるわけではないのだが、別人と判るたびに太一は落胆の色を隠せない。

「あとはカラオケか～……でも、この辺りってカラオケ三つくらいあるんだよねぇ。しかも全部キララの行きつけだし……全部見て回ってるうちに帰られる可能性大……ってか、そもそもカラオケにいるかも怪しいし……どうする？」

「とりあえず近くから回ってみませんか？」

「じゃあ手分けしよっか。ウッディは一番近いとこ。ウチはちょっと別の店行ってみる」

「分かりました」

「じゃあ、見つけたら連絡よろ」

霧崎と別れて太一は何度か訪れたことのあるネコ手招きへ向かった。

駅中を通り抜けつつ裏へ回る。今日は道路の夜間工事が施工されるのか、既に一部区間が封鎖されている。パイロンの脇を通り抜け、太一はテナントビルを目指す。

もうすぐ空と地上の灯りが逆転する。霧崎と駅周辺を探し回り、時刻は七時に差し掛かろうとしていた。さすがに涼子に連絡を入れておくべきだろうとスマホを取り出し、『今日は少し帰るの遅くなる』と短くメッセージを送った。

スマホをポケットに押し込み、ビルが視界に入るのと同時に太一は思わず足を止めた。

「っ!?」

咄嗟に身を隠す。視線の先、そこにはクラスの男子カーストトップである西住のグループがいた。ビルの正面にたむろし、輪の中には探していた不破の姿もある。

……いた!

見つけられたことにホッとするも、なにやら西住グループ……というよりは西住と対面した不破の表情が非常に険しいことが太一には気になった。

距離があるため会話の内容は聞き取れない。状況的には西住がなにやら必死に不破に話しかけているような印象を受ける。

ひとまず太一はスマホを取り出し、霧崎に『不破さんを見つけました』と送る。すかさず返信が入り『すぐそっち行く』とのこと。

が、視界の先で状況が動いた。

西住たちが不破を伴ってテナントビルへと入っていってしまったのだ。相変わらず不破の機嫌は悪そうだが、周囲の男子生徒たちが彼女を宥めながら姿を消していく。

一瞬、霧崎の到着を待って一緒にカラオケ店に行くかどうか迷ったが。

太一は不破の態度が気になり、あとを追うことにした……のだが、

……どうしよう。

不破たちがカラオケ店に入って行くところまではよかったが、その後が問題だった。

手招きに入って行ったのは確実だが、慣れない受付に四苦八苦している内に、太一は不破たちを完全に見失ってしまったのである。

……どこに行ったんだろう、不破さんたち。

宛がわれたルームに入ることもせず、太一はズラリと並ぶ扉を前に右往左往していた。駅裏の手招きはワンフロアのみではあるが全部で二十以上の部屋数がある。その一つ一つを確認するというのはさすがに行動が不審者過ぎて通報案件である。

こうなるともう不破たちが部屋から出てくるのを待つしかないのだが……

「う……トイレ」

妙な緊張感に尿意を催してしまう。ここのトイレは施設の一番奥に設置されているため部屋によっては距離があるのが難点だ。膀胱との我慢比べを演じながらトイレへと走る。

廊下を奥へ進んでいくといくつかの部屋から歌声が聞こえてきた。皆思い思いにカラオケを楽しんでいるのが伝わってくる。

が、そんな中にあって、妙に険しい雰囲気を滲ませる声が聞こえる部屋がひとつ。

『――だから！　嫌だっつってんじゃん！　いい加減しつこい！』

……この声。

音の出所を探る。丁度トイレへと曲がっていく角部屋から声が聞こえてくる。

『っても、一緒にここまで来たわけだし、まんざらでもないって感じなんじゃねぇの？』

『はぁっ!?　そっちが勝手に押しかけてきただけだろうが！　誰がお前の相手なんかするかってんだよ！』

太一は尿意も忘れ、足音を殺して扉に近付いた。死角に隠れ、中の様子を窺う。

『まぁそう言わねぇでさ。別に俺らの相手すんのなんて今更じゃん。前は一緒に何度も』

『だからもうそういうのはなしっつってんだよ！』

『でもせっかく久々に集まったんだしよぉ、なぁ不破』

『だ～か～ら～!!』

明らかに和やかな雰囲気とは言い難い不破の声。しかし先程から彼らはなにを話しているのか。もっぱら声を発しているのは不破とグループのリーダーである西住のようだが。

そもそも、相手をする、とはどういう意味なのか。カラオケですることなど普通は歌う以外にない。

『てかさ！　アタシとお前ってそういうことする関係じゃねぇじゃん！』

……そういうこと？　『そういうこと』ってなんだ？

『ったく……アタシもう帰るわ。あんたらと一緒にいっとなんかすっげぇイライラしてくる！

ぜっんぜん楽しくねぇし！』

『待てって！　ここの払い俺らが持ってやんだから一回くらいいいじゃねぇかよ！』

『はぁ!?　ってこら、腕掴むんじゃねぇっての！』

「っ!?」

……ま、まさか不破さん、こんな場所で、エッ!?

だが、不破の方はどうにも乗り気というわけでもなく、西住が一方的に言い寄っているだけのような感じである。

嫌な想像はどんどん膨らみ……太一の脳内にかなり最悪なシーンが想像された。しかしそこからの動きは太一とは思えないほどに早く――

……不破さん！　ちょっとだけ待っててください！

太一は踵を返すと全速力で店の外へと走る。テナントビルから飛び出した時、空には分厚い

雲が広がり、激しい雨が降り注いでいた──

◆

不破の苛立ちはピークに達しつつあった。

今日は一人で喉が嗄れるまで全力歌唱してやるつもりでいたところに、偶然西住たちと合流し一緒にカラオケ店に入る流れになった。一人よりももしかしたら盛り上がるかとも思ったし、なにより『奢り』という言葉につられてしまった。

が、それが失敗だったことにすぐ気が付いた。西住がやたらと絡んできてウザいったらない。

不破のイライラは徐々に募り、いよいよ臨界点を超えようとしていた。

……ああ、くそっ！　どいつもこいつもクソばっかか！

そして、いよいよ西住が不破の肩に手を回してきた瞬間のことだった。

──なんの前触れもなく、部屋の扉が開かれたのだ。

「「「？？？」」」

その場にいた全員の頭の上に疑問符が躍った。誰も何もまだ注文していない。スタッフが無断で中に入ってくることなどまずないはずだ。

よっぽど中でまずいことでもしない限りは。

不破を含め全員の視線が扉の外に引き寄せられる。途端、文字通り不破たちの体は固まった。

扉の前――廊下の照明を逆光に、異質な存在感を放ってソレは小部屋と通路を塞ぐように立っている。顔は分からない。某有名ホラー映画御用達のアイスホッケーな被り物をしているせいだ。

手に持っているのは工事現場などで見かける黄色と黒の縞模様が特徴的なコーンバー。

謎のマスクマン。土木関係者が着るような作業着に身を包んでいるが、なぜか下はスラックス。それも妙に見覚えのあるヤツ。

が、そんなことはどうでもいい。まるで全力疾走でもしてきたかのような荒い呼吸、全身から雫を滴らせるほどに水浸しのその姿は、さながら本当に映画から飛び出してきたのかと思えるほどに異様であった。

マスクの奥でぎらつく眼光は手負いの獣じみており、一介の高校生には目の前の人物はあまりにも非日常的過ぎた。

「こ、れ…………すっ……ぃ（※訳：これ、すっごい苦しい）」

マスクマンはコーンバーを構えて中に入ってくる。

先程相手が発した言葉。それを断片的に拾い上げた西住たちの耳には、

「「「（『殺す』って言った!?）」」」

そう聞こえたような気がした。状況の異常さが彼等の聴覚にネガティブなバイアスを掛けた

ようである。

なにがなんだか分からないまま、動揺する不破たちの前で、マスクマンはコーンバーを振り上げ、

「うぉぉぉぉぉぉぉぉっ！！！」

と咆哮を上げて前のめりに黒と黄色のポールをテーブルに叩き付けた。

「「「っ！？！？」」」

もはや阿鼻叫喚。西住グループの面々は「やべぇ！」、「殺される！」と脱兎のごとく荷物もそのままに逃げ去って行く。

しかし、不破は咄嗟のことに反応できずその場にとどまってしまった。マスクマンの脇をすり抜け、部屋を飛び出す男子生徒たち。誰一人、不破を気に掛けている者はいない。

「はぁ、はぁ、はぁ……」

西住たちが消えた部屋で、マスクマンは乱れた呼吸を繰り返す。

が、不破はなぜか落ち着きを取り戻し、目の前の異様な出で立ちの相手にも動揺することなく……と、何を思ったか、彼女はおもむろにシートから立ち上がると、

「――なにしてんだよ、あんた」

アイスホッケーのマスクに手を掛け、そっと外す。その下には、涙か雨か、ぐちゃぐちゃに表情を崩す、太一の顔があった。

「ぶわ、ざん……オレ……」

「いや、なんであんたが泣いてんだよ。泣きてぇのはむしろこっちだっての……つか、何その格好？」

「ご、ごれは……」

涙声で何を言っているのか分からない。不破は髪を掻き、呆れたように太一を見下ろす。

「不破さんが、襲われてるって、思って……」

「は？　え？　なにそれ？」

「え？」

「ん？」

話が噛み合わないといった様子の二人。が、部屋の外がにわかに騒がしくなり、

「やっべ……！　おい、とりあえず逃げっぞ！　その辺の荷物回収しろ！　早く!!」

「え？」

「顔は隠しとけよ！　バレッと色々めんどい!!」

「え？　え？」

不破は頭からタオルを被り、太一は再びマスクを装着させられる。二人は部屋を飛び出した。

その際に部屋に残された西住たちの手荷物もできる限り持ち出す。

不破と太一はこちらに駆け寄ってくるスタッフの脇を強引にすり抜ける。受付カウンターに

伝票と二万円札を置いて、

「え!?　お客様!?」

と呼び止めるスタッフの声も無視し、二人はカラオケ店から飛び出していく。

鍛えられた体力と脚力は、またしても無駄なところで、無駄にその威力を発揮した。

◆

「——え?　ディッグダッグ、ですか?」

なんとかテナントビルから脱出することに成功した太一と不破。

ビルから飛び出した時にちょうど中に入ろうとしていた霧崎とも合流することができた。タイミングが無駄にバッチリである。

空は雨もすっかり上がっている。どうやら通り雨だったらしい。

駅前公園のベンチ。街灯に照らされながら、太一は頭に例のマスクを装着したまま、ベンチに腰掛けてアホ面を晒していた。

「そうだよ。何勘違いしたか知らんけど、西住から『野郎だけより女子いた方が盛り上がっからさ』とか言われて、一緒に歌ってる動画撮らせてくれって言われたんだよ」

「ああ……ソウナンデスネェ」

盛大な勘違い。しかしよく考えてみればそりゃそうだ。今どきのカラオケ店はどこも部屋に防犯カメラが設置されている。

中でいかがわしい行為に及ぶのは勿論違反行為であり、見つかれば確実に面倒なことになるのは必至である。

「うぁぁ～～～～……」

目の前に立つ不破から呆れた表情で見下ろされ、太一は思わず頭を抱える。今すぐ削岩機とドリ◯ーを連れてきてほしい。この場から全力で消え去る手伝いをさせてやる。

ことの経緯を聞いていた霧崎は腹に手を当て肩を震わせうずくまり、ベンチをバシバシと叩いている。先ほどから笑い過ぎてお腹が本気で痛くなってくるレベル。

太一の勘違いに始まりその挙句のジェイ◯ンコスでの乱入。もはや笑わない方がおかしいというもの。

ちなみに太一の上着は、とにかく制服を隠したかった彼が近くの工事現場の作業員から拝借してきたものらしい。いや制服脱げよ、という突っ込みはナシで。慌てた人間の視界などスナイパーのサイト以上に狭いもんである。

太一に詰め寄られた作業員は一も二もなく作業服を手渡し、同時にコーンバーも一緒に持ち出したわけである。

マスクはカラオケ店の入り口でパーティーグッズとして販売されていたものだ。お値段一二〇〇円……たけぇ。

相手に自分がクラスメイトであるとバレるのを避けたかったがために、服装と顔を隠した結果が今の太一の姿というわけである。

「ちょっと！　待って！　マジでやっぱい！　ウッディ！　そのかっこでディッグダッグデビューしようよ！　もう絶対バズるって！　あはははっ！」

霧崎の笑い声が夜の公園に木霊する。太一は余計に羞恥を刺激されて顔を上げることができなくなっていく。

「はぁ……ったく。マジでなにやってんだよあんたは……」

「すみません」

「いやいやキララ、ウッディめっちゃ頑張ったじゃんw、ぷぷぷ……まぁ、ちょっと面白すぎだけどさw」

「いやこっちは結構ビビったから！　これがいきなり入ってきたら冗談抜きにやべぇって！」

太一は下げた頭を上げられない。今回の一件は完全に彼の暴走だ。責められるのも笑われるのも仕方ない。

俯く太一。と、彼の隣に不破はドカッと腰を下ろした。

「つか宇津木はアタシのことつけてたわけ？　こないだあんだけボロクソ言っておいて」

「それは……」

「正直キモイ。関係終わらせたいって言ったのそっちじゃん。なのに追っかけてくるとか、マジでなんなん?」

不破の容赦ない言葉。太一は唇を噛む。

数日前、太一は不破に一緒にいることが『辛い』とハッキリ言った。もはや吐き出した言葉をなかったことになどできないし、時間を巻き戻してやり直すなどというご都合展開だってありはしない。

しかし、どこにいるかも定かではなかった不破を、偶然とはいえ見つけることができた。底意地の悪い神が、太一に与えた小さなご都合主義。

しかし、ここから先は自分でなんとかするしかない。

霧崎は状況を見守っている。全てを太一の行動に任せるつもりのようだ。

「不破さん」

「なに?」

不機嫌な声に思わず怯みそうになる。不破は太一から顔を逸らしていた。

目じりに涙さえ滲みかける。男として情けない。それでも太一は、不破へと体を向け、

「ごめんなさい!!」

大きく頭を下げた。不破は太一に振り向かない。が、太一は顔を上げ声を掛け続ける。

「オレは、自分に自信が全然持てません……それを、不破さんで埋めようとしてました」

心の内を太一はもう一度吐き出す。惨めと思いつつ、過去の自分をひけらかす。

「不破さんは明るくて、人付き合いも上手くて……美人だし、カッコいいし……自信もあって、言いたいこともズバズバ言えて、行動が早くて……すぐに料理を覚えちゃうくらい、実は要領がよくて……オレを友達って言えちゃうくらい度量も大きくて……本当に、オレとは全然違う……不破さんはオレにとって、本当に眩しいくらいにすごい人で……」

思いつく限り、たとえつたなくても、言葉を紡ぐ。

「だから、そんな不破さんが認めてくれるような言葉をくれる度に……不破さんなら、どんなオレでもきっと受け入れてくれるんじゃないかって、勝手に期待してたんです……」

不破は、振り返らない。もしかしたら元の関係にはもう戻れないのかもしれない。その可能性も十分に考えた。

ただ、仮に不破から見限られても、伝えなくてはならない言葉がある。自己中心的とも言える思いかもしれない。

だがせめて、自分がどうしたいのか、それを伝えるべきと……太一は勇気を振り絞る。

「不破さん、オレは自分に自信がありません……でも、でも！　不破さんと一緒なら、オレも変われるかもしれないって！　あなたと友達でいられるように、変わりたいって！」

人は、自分にはないものに憧れる。

「都合のいいことを言ってるのは承知してます！　でもどうか！　オレともう一度だけ！　友

達になってはもらえないでしょうか!?」

涙と鼻水でぐちゃぐちゃになった顔で、太一はもう一度頭を勢いよく下げた。なんの捻りもなく、真っ直ぐに。

あとはもう、不破の心に問うしかない。

今この場において、人事を尽くした太一が祈るべきは神に非ず。いつだって人間関係の終着は互いの了解でしか成り立たないのだから。

それがいい結果であろうと、悪い結果であろうと……

果たして、不破は太一に振り返り、少し顔を下に向けたまま彼の頭からマスクを奪って顔を隠す。

「あの……不破さ」

「あんたさ、よくそうクサイ台詞平気な顔して言えんな。アタシだったらもう恥ずかしくて死んでんだけど」

彼女はマスク越しに太一に悪態をつく。しかしいつものような切れ味はない。街灯の下、マスクからはみ出した耳が、少し赤くなっているような気がした。

「てか、マジ都合良すぎ。アタシそこまでちょろいとか思われてたん？　ガチムカつく」

「す、すみません」

「……別に、謝んなくてもいいけどよ」

「はい」

「うん」

どうにもお互いにちぐはぐである。妙にむず痒い空気の中、霧崎がこらえきれないといった様子で「まぁまぁ」とキララの背後に回る。

「ウッディもちゃんと頑張って言いたいこと言ったんだからさ、ここはキララが大人になってあげるべきなんじゃね？　つかさ、ウッディに友達じゃないって言われてめっちゃ愚痴ってたじゃん。『あんだけ一緒にいんだから普通に友達だったたって思うじゃん』って」

「はぁ!?　ちょっ、マイなに言って――」

不破は慌てた様子でマスクを外す。その顔は目に見えて分かるほどに赤くなっていた。

「あとさ……『一人で友達とか勝手に思い込んで、バカみてぇ』だったたっけ？　なんかそんな感じで落ち込んでたじゃん」

「っ～～～～！」

「キララってさぁ、警戒心強いくせに一度相手を受け容れちゃうと拒否られた時けっこうダメージくらうよねw。今回イライラしてたのだって～、まぁそういうことだよねぇ？　なんやかんや言いつつ、意外とウッディのこと気に入ってたり」

「マ～～イ～～！」

「あ、やっべ」

マスクの必要などなく、霧崎を見上げる不破の表情は殺人鬼のそれに変貌していた。指をコキリと鳴らし、ゆらりと立ち上がる。

霧崎は脱兎のごとくその場から逃げ去って行った。

「待てこら！」

「あの、不破さん」

「あん!?」

が、太一に呼び止められて不破は足を止める。

「オレ……あの……あてっ!?」

いきなり、太一の額に不破はデコピンを決めてきた。

「……アタシと友達になりてぇんなら、まずそのオドオドした態度なんとかしろっての」

「あ」

その言葉で、太一は胸が一気に熱くなるのを感じた。

「まぁ、今回はけっこう頑張ったんじゃねぇの。あんたなりに。勝手に勘違いして暴走しただけってのが、カッコつかねぇけど」

「そ、それは忘れて下さい」

「それは無理だなぁ。こんな面白ネタ、忘れる方が無理だしｗ」

「う……」

「でもま」

不破は手にしたマスクを太一に押し付けて、

「変わるんだろ。なら、カッコよくなってみろよ、アタシみてぇに」

不破は太一から離れ、ニカッとカッコ良すぎる笑みを浮かべて見せた。

街灯をスポットライトのように浴びたその姿に、太一は思わず見惚れてしまう。

「ま、それはそれとして……アタシをビビらせた件はあとできっちり落とし前つけっから、覚悟しとけよ」

「……はい」

「うし。手始めに、マイからしめる」

などと、良い話風に締まらないのがこの二人である。

結局、二人の関係は、袖振り合うことすらなかった両者を、強引にくっつけて形にしているという、そんなバグで成り立っている……まぁ、そういうことなのだろう。

第七部 ✖ 彼女との関係はバグである、しかしそんなに悪くない

一夜明けて七月二日。本日は土曜日午前授業。いつもは早く授業が終わりウキウキ気分になるところ……今日はどこかクラスの様子がおかしかった。

「——すみませんでした！」

「「「は？」」」

ホームルーム前の教室。太一は登校してきた西住たちを待ち伏せて頭を下げた。

意味が分からないと首を傾げる彼ら。太一はもごもご口内で言葉を転がすように事情を説明した。自分がカラオケ店にジェイ◯ンコスで突入を仕掛けたこと、及びその理由を。

自分を変えると決めた。まずは他者との関りから逃げないこと。今回の謝罪はその一環。

クラスのイケイケ男子グループ。声を掛けるだけでストレスフル。謝罪ともなればオーバーフロー。正直いまにも吐きそうである。

が、そんなことをすれば当然——

「はぁ!?　おまっ、ちょっ！　ふざけんなよ！」

「あのあと金もなくて俺ら家まで歩いて帰ったんだぜ!?」

「つかなんでお前が絡んでくんだよ!?　意味わかんねぇから！」

と、案の定一斉に責められる羽目になった。

「ほ、本当に、すみません……オレが勝手に勘違いしたせいで」

「んだよ勘違いって……てかさ、お前最近ちょっとキララと仲いいからって調子に乗ってんじゃねぇの？」

「そんなことないです！　調子に乗るといつも不破さんから蹴り入れられるので！　乗るに乗れません！」

グループのリーダーである西住が太一をねめつけるも、あまりにも悲しい返答になんとも言えない表情を浮かべてしまう。内心『ご愁傷様』といった感じか。

「ぷ、あははっ！　なにそれギャグ!?　コスプレして突貫とか頭おかしすぎっしょw！」

「矢井田、さん」

不意に、太一の背後から嘲笑が上がった。矢井田栞奈。彼女は所属する女子グループの中から太一を指さす。

「宇津木！　あんためっちゃイメチェンしたかと思ったけどさぁ、やっぱクッソ陰キャのままじゃんw！　あはははははっw！」

矢井田の容赦ない言葉が胸中に突き刺さる。加えて、

「チッ……んで、お前はどうケジメつけるつもりなわけ？　まさか頭だけ下げて終わりってこ

とねぇよな？」

「あはっｗ。いいじゃん昇龍。めっちゃビビらされたんだからさぁ、徹底的にボコっちゃえばいいじゃんｗｗ」

「なんでお前に指図されてんだよ……でもまぁ、それでいいか」

「っ……」

たかだか高校生でケジメとは随分と話が大きい。が、太一としても相手に実害が生じた以上、何もなし、とはいかないだろうとは思っていた。最悪、数発は殴られるくらいの覚悟はしてきたのだ。

「分かりました。オレのこと、殴るなり蹴るなり、好きに――」

と、太一が体に力を入れた時だ。

「ダッサ……」

不意に、教室の隅で事の成り行きを見守っていた不破は捨てるように言い放った。

「あ？　んだよキララ。つか、お前もこいつの被害者だしよ、一発くらい殴ってやりゃいいじゃん」

「ていうかさぁ、キララそいつ庇うってやっぱあんたらデキてんじゃねｗ！　うわぁ、キララマジで趣味悪ｗ！」

「は？　ウッザ。てかアタシ、てめぇみてぇに頭ん中でチョウチョ踊ってねぇんだよ。口開くんならもうちょい頭いい会話しろやド低能○ッチが」

「あぁ!?　てめ今なんつったおい!?」

不破の発言でクラスの空気が一気にビターチョコからブラックコーヒーばりに苦みを増す。

矢井田は顔真っ赤状態で不破へと詰め寄り、その胸倉をつかもうと手を伸ばすが、

「っ!?」

不破は矢井田の腕を掴み、何を思ったか自分の方へと勢いよく引き寄せると、
ゴスッ！　という鈍い音が響く。不破が矢井田の顔面に頭突きをお見舞いしたのだ。しかもそれで終わりではなかった。顔を押さえた矢井田の脚を引っ掛け、床に転ばせる。

「っ――」

鼻っ面を押さえ、涙目で床に転がった矢井田。と、不破は彼女の髪を鷲掴みにし、ぐっと顔を寄せた。

「ひっ」

「調子乗んなよクソ○マ。いつもいつも噛み付いてきやがって……そんなにアタシと西住が一緒にいたのが気に入らねぇってか？　あん？」

「っ――あ、あんた、なに言って」

「お前さぁ！　西住のこと好きだもんなぁ!?　だからあいつがアタシにちょっかいかけてくんのが面白くねぇんだろ!?　なぁおい!!」

「ぁ、な……ち、ちがっ……わ、わたし……」

不破の暴露に矢井田は先程とは違う意味で顔面を朱に染め上げ、口をパクパクと開いて西住に怯えたような視線を向ける。その反応は、もはや言い訳のしようもないほどに彼女の内面を物語っていた。

「お前こそ趣味わりぃわ！　言っとくけどなぁ、アタシはあいつには一切男として興味ねぇから！　つか、いっつもうぜぇ絡み方してきてイライラしてた………」

と、不破はなにかに気が付いたように「ああ、なるほど」と矢井田の髪を放し、ヅカヅカと西住の方へと詰め寄っていく。

「今わかったわ。アタシが太った理由――おめぇのクソみてぇな好き好きアピールがクッソウザかったせいだわ！　いやもうマジで下心スケスケ！　下半身に脳みそあんじゃねぇってくらいやばかったもんなぁお前ｗｗ！」

「なっ!?」

「ちょっ、ちょっと不破さん!?」

ただでさえ微妙な空気だったところにニトログリセリンをぶっこむかのような不破の暴挙。それでも不破は止まることを知らず。

「ていうか、お前カラオケに宇津木入ってきた時まっさきに逃げたよなｗ。マジでだっせぇｗ！　度量も肝っ玉もクソちっせぇじゃんｗ！　男としてねぇわｗｗ！」

不破のあけすけな発言にクラスメイトの大半がドン引きしていた。

「西住さぁｗ、宇津木がアタシが襲われるとか勘違いして入ってくるくらいのクソ野郎に見えてるってことじゃんｗ。まぁでもそこまで間違ってねぇかｗｗ！」

「ふ、不破さん、もうそれくらいで」

さすがに太一も不破を制止しようとした。しかし、

「うんやっぱお前はカレシとしてはぜってぇ『ナシ』！　それなら――」

「うわぁっ!?　ちょ、不破さん!?」

いきなり、太一の背後からぎゅっと腕を回して抱き着くように密着。彼女は顔だけを出して、西住に向けてどこか挑発的な笑みを浮かべると、

「バカだけど部屋突っ込んできたこいつの方が万倍マシだわｗｗ！」

不破の挑発行為にクラス全員が唖然としていた。

「逆によ！　お前と矢井田めっちゃ相性いいんじゃねぇのｗ。どっちもクソ同士ｗ！」

不破はケタケタと笑い、それに耐えきれなくなったのか矢井田は目元を真っ赤にして教室から飛び出していく。グループの女子たちも矢井田を追っていった。

そして先ほどまで太一に怒りを向けていた西住は、

「俺、今日は帰るわ……」

と、目の前で目の端に涙をため、うなだれながら荷物を肩にかけとぼとぼと教室から消えて

いった。

『っておい西住、お前今からホームルームだぞ……って、どうしたお前？』

『あ、俺、今日は調子悪いんで、帰ります』

『は？　お、おう……気を付けて帰れよ』

西住と入れ替えに、倉島が教室に入ってくる。

「え？　なにこの空気……てか、お前らはなにくっついてんの？」

教室内の微妙な空気に、太一の背中に抱き着く格好の不破。状況把握がまるでできない。しかし倉島は「いちゃつくなら放課後にしろ～」などとマイペースなニヤケ面を浮かべ、

「お前らぁ、さっさと席に着けぇ。ホームルームはじめっぞ～」

と、あっさりと空気を流してしまう。

その日は一日中、クラスはなんともいえない雰囲気に包まれ続けることとなった。しかし、その原因を作った張本人はといえば、

「ああ～、なんかめっちゃスッキリした～」

などと解放感バリバリのいい笑顔を浮かべていた。

今日この日、不破は五月に矢井田からされたことを、どこぞの銀行マンばりに『倍返し』してやったのだった。

◆

放課後――

『ごめ～ん！　バイトでヘルプ入ってくれって連絡きちゃった！　今日はウチなしで！』

ということで、今現在、宇津木家への帰路は久しぶりに太一と不破の二人だけである。

……ど、どうしよう。

普段なら霧崎と不破が勝手に盛り上がってくれているのだが、太一に場を沸かすような会話スキルなどあるはずもなく。

……ち、沈黙が。

なんとも居心地の悪い気分を味わっていた。不破は太一の隣でスマホをいじっている。ながらスマホは危険なのでやめましょう。

しかしそんな注意が太一にできるはずもなく、なにか話題はないものかと貧弱なボキャブラリーから話題を引きずり出そうと必死に脳内検索作業に没頭した。

ふと、通学路の道中にある書店が目に入る。

「あ」

そうだ、と咄嗟に思いつく。

「不破さん」

「ん～？」

呼びかけるも不破はスマホから顔を上げない。しかし太一はそれに構わず、

「少しだけ、付き合ってもらえませんか？」

「は？」

ようやく顔を上げた彼女は、「なんだこいつ？」といわんばかりの表情を浮かべている。

「まぁいいけど」

意外とすんなりついてきてくれた。彼女も随分丸くなったもんである。もっとも、鋭利な岩の角が取れたところで殺傷能力に些かの変化があるかは怪しいところである……

不破を伴って書店に入る。ここは本だけでなく、一部ゲームコーナーも設置されている。

太一は「すぐに戻りますので」と言って、店内を走って行ってしまう。

「んだありゃ？」

と、首を傾げつつ、不破は雑誌コーナーで立ち読みを始めた。

しばらくすると、太一は店のロゴが入った袋を手に戻ってくる。

「お待たせしました」

「別に。それ何？」

「あ、これは……え～と」

なにやら言いづらそうにする太一。不破は例のごとく『アウト』の言葉と共にデコピンムー

ブに入ろうとすると、

「これ！　不破さんに！」

と、急に太一から袋を渡される不破。おかげで勢いを削がれてしまう。

「なにこれ？」

と言いながら、不破は袋の中身を取り出した。それは、太一の家でよく遊ぶ際に使う、ゲームハードのコントローラーであった。深紅と黄色のカラーリング。以前、霧崎が太一の家に持ち込んだものの色違いである。

「その、必要かな、と思いまして」

「ふ～ん」

コントローラーを見下ろしながら、

「なんか色微妙」

「ええ……」

派手な不破のイメージに合うと思って買ってきたのだが、どうやら不評だったらしい。

が、太一が気落ちしかけたところに、

「てかさ。これ渡すって、ようはアタシといつでも遊びたいって、そういうこと？」

不破から意地の悪い笑みが向けられ、太一は「う……」と思わず言葉に詰まってしまう。

が、どう取り繕おうとそういうことである。

「ふ～ん、そっかそっか。そんなにアタシが好きか～」

「ええ!?　ち、ちがっ！」

「あははっ！　キョドりすぎ！　マジでウケる！」

周囲の迷惑なんのその。不破の笑いが店内に木霊する。

「まぁでも、ありがたく貰っとくわ。返せって言われても、もう返さねぇからな」

「はい、どうぞ貰ってください」

「うし！　じゃあ帰ったらさっそくこれで遊んでみっか！」

微妙などと言いつつ、不破はコントローラーを子供のような期待した目で見つめていた。

……なんだか複雑な気分だけど、まぁ、よかったのかな。

自宅に戻り、不破は自分のコントローラーでフィットネスゲームに興じ、姉の涼子が帰ってきてからは、

「あっ！　ちょっ！　りょうこんそれズルっ！」

「ふふん。これは戦略っていうのよ」

「だぁ！　宇津木こっちくんなし！」

「無茶言わないでください……」

三人でゲームをプレイする……最大八人対戦可能、相手を場外に吹っ飛ばすのが爽快な対戦格闘ゲームである。

「ていうか不破さんっ、オレに寄りかかるのやめてください！　重いです！」

「はぁ!?　重くねぇし！　ダイエットしたんだから、な！」

「あぁ！　不破さんそれこそズルいですよ！」

不破はソファの上から、床に座る太一の体に腕を回して妨害してくる。だというのに、涼子は咎めるどころかケラケラと笑っているだけだ。

ふと、太一はすぐ顔の横で、勝負に一喜一憂する不破を横目に、

……なんかオレの生活、ほんとバグって来てるよなぁ。

などと、しみじみ思うのだった。

エピローグ ✖ 意味深に観測してくる誰かがいるようです……この人だ〜れ？

さて、青春という舞台で非常に青臭い激動を演じた太一たちの傍ら……

意味ありげに真っ暗な部屋でスマホの盗撮写真を見下ろす少女がおりました。ベッドの上、6インチのモニターから漏れるブルーライト塗れの灯りに少女の顔が照らされる。

「ふ〜ん……」

未来の視力を犠牲に、少女はスマホの写真を前に目を細め、淡泊な声を漏らした。

うっすらと照らされる部屋に浮かぶ少女の輪郭。長く伸ばした黒髪を就寝用に結わえ、キャミソールとパンツのみという自室故の無防備な格好。ぼんやりと照らされた面(おもて)の中、垂れ目がちな瞳は画面向こうの不破満天、そしてその隣を歩く宇津木太一を注視していた。

四月に学校で問題行動を指摘されて以降、未だ謹慎中の身。しかし彼女にとって規則による行動の制限にはなんの拘束力もなく、勝手気ままに外へ出た。それがよもや、こういう場面に遭遇するとは。

「きらり〜ん……この人、だ〜れ？」

綺麗に整えられた爪の先が、画面越しの太一をコツンと捉える。

……最近あの人たちの小言も増えてきたし。

長期休暇もここらでしまいか。ならそろそろ彼女に会いに行くのも悪くない。

――いや、会いに行くべきか。

少女はベッドから机に移動し、バッグの奥に押し込まれていたぐしゃぐしゃの四〇〇字詰め原稿用紙を引っ張り出すと、冒頭に『反省文』と題をつけ、行を跨いだ原稿の下に、

少女は――『2年3組　鳴無亜衣梨（おとなしあいり）』と、自身の名を書き殴った。

あとがき

作家の『らいと』です。初めまして。或いはどこかでワタシのこと知っていたという方は、本当にお久しぶりです。

さて、月に百冊を超えて発売されるラノベ作品の中から、本書を手に取っていただいたことにまずは感謝を。

しかしあれですね。ストレスフリーが好まれる昨今の風潮にあって、ここまでストレスフルなヒロインをプッシュしまくった作品を手に取り、そんな物語を読んでいただいた、というのは、それだけで称賛ものではないでしょうか……自分で言っててなんですが。

ですが、もしまだ手に取っただけ、という、あとがきから先に読んじゃう派の方は、まずはレジへダッシュされることをおすすめします。本作を買っていただいたあなたしか聴けない、『最高の特典』も用意されていることですし、ね？

しかし今回は「書籍化しませんか？」に始まり、「販促ＰＶと購入者特典用にボイスドラマ作るので、シナリオの執筆お願いします」と……初めて挑戦することも多く、なかなかに濃密な数か月を過ごしてきたな、と思います。

ここからは謝辞を。

担当編集様。正直、話を聞いた時は「なにかの手違いでは？」と疑ってました。すみません。営業の方々と一緒に、色んな企画を立ち上げてくださり、緊張すると同時に、ワクワクするような作品作りをさせていただきました。

柚月ひむか先生。クセの強いキャラクターたちのデザインを拝見した時は、あまりの完成度に感動して、思わず震えました。特にメインヒロインの不破はワタシのイメージをそのまま具現化したかのようで、「頭覗きました？」と内心突っ込んでしまったほどです。

販促ＰＶや購入者特典ＡＳＭＲで主人公とヒロインに声を当てていただいた、榎木淳弥様、白石晴香様。極上のボイスドラマの出来に、脳内で変な汁が噴き出るんじゃないかと、色々な意味でドッキドキでした。実際にシナリオを執筆して「これ読ませて大丈夫かな？」と、かなり緊張したのを今でも覚えています。

校正様。すんごい数の誤字脱字ストーリーの矛盾点の洗い出しなど、本当にありがとうございました。参考資料も用意していただき、作品のクオリティも上がったと思います。

そして最後に改めて。この本を手に取っていただいた読者様に、最大級の感謝を!!

それでは、また皆様にお会いできることを願っております！

CHARACTER
不破満天
ふわ・きらら
天上天下唯我独尊、勝ち気でジコチュー、喧嘩っ早く凶暴と三拍子どころか三三七拍子そろった最強のギャル。カースト最上位に君臨していたが、太ったことをきっかけに失墜、太一とともにダイエットを開始する。意外にもホラー系エンタメが苦手らしい。
AFTER
宇津木太一
うつぎ・たいち
陰キャ気質のポッチャリ系男子。波風の立たない高校生活を望んでいたが、不運にも満天のダイエットに巻き込まれることに。境遇を嘆いているが、一晩で減量プランを立てるなど突飛な行動力を発揮することもある。現在の目標は満天から解放されること。

霧崎麻衣佳
きりさき・まいか
学校サボりがちな満天の友達ギャル。人当たりが良くコミュニケーション能力がとても高い。反面、時には的確に相手の急所を突くような容赦のない発言をするなど冷たさも併せ持つ。詮索するのも詮索されるのも大嫌いで、本心を見せないのが信条だとか。
宇津木涼子
うつぎ・りょうこ
太一の姉。面倒見が良く穏やかな性格だが、筋が通っていないことに対しては静かにキレるタイプ。思い込みが激しいところもあり、太一と満天の関係を色々と誤解している様子。普段は目立たないようにしているが、満天もうらやむナイスバディの持ち主。

Mainichi ie ni kuru
Gal ga
kyorikan zero demo
yasashiku nai.

予告

ギャルゼロ

2巻出ます!

「待っててねぇ、き~らりん♪」

気になる内容と発売日は

照りつける真夏の太陽、
近づく漆黒の積乱雲、

嵐に対峙する
二人の運命やいかに!!!

※何か言っているようで何も言っていない予告ですみません。
内容は大きく変わる可能性もあります。

毎日家に来るギャルが距離感ゼロでも優しくない 2

元通り(?)のバグった関係に戻った満天と太一。そんな二人の前に現れる第三のギャル――鳴無亜衣梨！　このギャルこそ、満天が入学早々停学を食らう原因となった因縁の相手。……って、因縁の相手多すぎだろ不破満天！

2023年秋頃発売予定！

ファンレター、作品のご感想をお待ちしています!

【宛先】
〒104-0041
東京都中央区新富 1-3-7　ヨドコウビル
株式会社マイクロマガジン社
GCN文庫編集部

らいと先生 係
柚月ひむか先生 係

【アンケートのお願い】

右の二次元バーコードまたは
URL (https://micromagazine.co.jp/me/) を
ご利用の上、本書に関するアンケートにご協力ください。

■スマートフォンにも対応しています（一部対応していない機種もあります）。
■サイトへのアクセス、登録・メール送信の際の通信費はご負担ください。

GCN文庫

毎日家に来るギャルが距離感ゼロでも優しくない

2023年5月27日　初版発行

著者　らいと

イラスト　柚月ひむか

発行人　子安喜美子

装丁　AFTERGLOW

DTP／校閲　株式会社鷗来堂

印刷所　株式会社エデュプレス

発行　株式会社マイクロマガジン社

〒104-0041　東京都中央区新富1-3-7　ヨドコウビル
［販売部］TEL 03-3206-1641／FAX 03-3551-1208
［編集部］TEL 03-3551-9563／FAX 03-3551-9565
https://micromagazine.co.jp/

ISBN978-4-86716-425-9 C0193